W9-ABH-055

Días sin ti

«Una indagación sobre el sentido del amor desde la perspectiva de quien está descubriendo la vida. Un homenaje al poder de las palabras para curar las heridas, escrito con un inocente encanto.»

Jurado del Premio Biblioteca Breve 2019

Agustín Fernández Mallo

Pere Gimferrer

Lola Larumbe

Rosa Montero

Elena Ramírez

Seix Barral Premio Biblioteca Breve 2019

Elvira Sastre

Días sin ti

Obra editada en colaboración con Editorial Planeta – España

Bajo el sello editorial SEIX BARRAL M.R.
Avenida Presidente Masarik núm. 111, Piso 2
Colonia Polanco V Sección, Miguel Hidalgo
C.P. 11560, Ciudad de México
www.planetadelibros.com.mx

Diseño original de la colección: Josep Bagà Associats
Diseño de portada: Planeta Arte & Diseño
Ilustración de portada: © Naranjalidad

Primera edición impresa en España: marzo de 2019
ISBN: 978-84-322-3495-8

Primera edición impresa en México: abril de 2019
Cuarta reimpresión en México: septiembre de 2019
ISBN: 978-607-07-5779-2

Impreso en los talleres de Litográfica Ingramex, S.A. de C.V.
Centeno núm. 162-1, colonia Granjas Esmeralda, Ciudad de México
Impreso en México –*Printed in Mexico*

A mi abuela Sote y a mi abuelo Antonio

DÍA CERO

En el mundo hay un hueco para cada persona. Cuando dos personas se enamoran, se vuelven una, el lugar que ocupan pasa a ser sólo uno, y en él cabe el universo. Por el contrario, cuando alguien falta su espacio se vuelve un agujero inmenso y aterrador para quien lo contempla. Lo llaman ausencia. A veces son ausencias elegidas y, otras veces, involuntarias. Pero nada da más miedo que ese vacío. Intentamos pasar de puntillas sobre él, disimularlo con otros cuerpos que no consiguen llenarlo, adornarlo con flores que terminan marchitándose. Sin embargo, lo más curioso de todo esto es que no nos damos cuenta de que el olvido es una trampa, un mecanismo de autodefensa, la salida más fácil, un mal homenaje. No debemos forzar el olvido de quien una vez nos cedió su sitio, sino aprender a volver a ese lugar sin angustia e intentar regresar ilesos. Volver, si acaso, con una pizca de tristeza que celebre aquella felicidad tan lejana.

Aprender esto y ponerlo en práctica requiere tiempo, distancia y ganas. Yo sólo sé que donde estaba ella yo ya no cabía, por más que me aferrara a su mano e intentara esconderme entre su cabello. No había hueco para mí, y salir de aquel lugar fue una lucha contra mi propio cuerpo que, finalmente, me dio más fuerza de la que me había arrebatado.

Hoy he vuelto al mismo sitio de siempre por primera vez. Pero nada es igual.

DÍA UNO SIN TI

TE ECHO TANTO DE MENOS QUE EN MI RELOJ AÚN ES AYER

Dora. Todo el mundo la llamaba «abuela» o «abuela Dora», pero yo prefería llamarla sólo por su nombre para no olvidar su esencia nunca. Era una mujer muy inteligente y especial. Había sido maestra en la República, había luchado contra las normas de su época haciendo siempre lo que le había venido en gana, sin importar lo que pensaran. Conoció a Gael, mi abuelo, en la escuela. Él era uno de sus alumnos y nada más conocerse se enamoraron perdidamente. Tras algunos encuentros a escondidas, ella dejó las clases para evitar represalias y continuaron su noviazgo en otro pueblo, donde consiguió trabajo en un colegio, se casaron y quedó embarazada.

Dora perdió a mi abuelo poco después de tener a mi padre y nunca volvió a tener una relación seria con ningún hombre. Guardaba su foto con recelo y cuidado, como si fuera la única prueba de una vida no resuelta. Dora, que no pasaba del metro cincuenta, consiguió alcanzar los noventa años con una entereza envidiable. Solía peinarse el pelo canoso con horquillas de niña pequeña y coleccionaba piedras de todos los lugares en los que había estado. Un día dejó de viajar, y entonces fuimos nosotros quienes continuamos la colección. Después de un aparatoso accidente doméstico en la ducha de su casa, mi padre decidió que era el momento de llevarla a una residencia. Mi abuela no protestó, temía ser una carga. Es curioso pensar cuánto dura una vida y qué poco lleva contarla. Supongo que cuantas más cosas hay que decir, menos personas quedan para escucharte.

La voz de Dora era aguda aunque calmada. Mi abuela hablaba sin descanso, pero sin prisa, con los ojos siempre fijos en otro lugar al que nunca pudimos llegar. Sin embargo, lo que no perdió nunca fue la sonrisa, la suavidad de las manos y esa rebeldía en la mirada.

A pesar de que nunca soltó la cuerda que le ataba a mi abuelo, Dora fue una mujer adelantada a su época, al contrario que muchos mayores que viven anclados en el pasado porque es donde se sienten a salvo. Aplicaba su experiencia al presente de los demás. Ya anciana, supo que le quedaban pocas aventuras más por vivir, así que disfrutaba aconsejando al resto, aunque pocos le hacían el caso que se merecía.

Yo le consultaba todas mis decisiones, las importantes y las nimias; le contaba todo lo que me ocurría. Ella era mi ancla, un silencio cómplice, comprensión.

La relación que tenía con mis padres por aquel entonces era quizá algo más alejada y menos empática; manteníamos entre los tres un muro invisible que aún se sostenía: nos separaba, pero éramos capaces de vernos a través de él. Por el contrario, Dora me apoyaba de una forma constructiva y cercana. No me decía que todo le pareciera bien, sino que intentaba que yo mismo tomara mis propias decisiones.

El día que le dije que quería estudiar Bellas Artes, ser un artista y llevar mis obras por el mundo, decisión que mis padres no apoyaban del todo, me contestó:

—Gaelito, mi niño, eres igual que tu abuela. Siempre vas a contracorriente. Mi amor, no dejes nunca que te hagan creer que esto es algo malo o que no merece la pena. Sólo los que van a contracorriente consiguen llegar a su destino; allí donde están todos no hay hueco para nadie más. Y tú te mereces el mejor lugar del mundo. Gael, escúchame bien esto que te digo, que más sabe la perra por vieja que por perra: hagas lo que hagas, busca el latido.

Busca el latido. Esa frase que tanto me repetía mi abuela quedaría para siempre grabada en todas y cada una de mis decisiones.

Y lo hice. Tomé mi decisión y cursé la carrera. De pequeño, ya mostraba gran destreza con los lápices, y fue así como la habilidad —o eso que algunos llaman *talento*— se convirtió en pasión, y terminé, felizmente, en la universidad. No fue lo que esperaba, nunca lo es. En estos tiempos, la universidad es un paso obligado que, en ocasiones, no te lleva a ninguna parte.

Durante mis estudios descubrí una disciplina menos común, la de la escultura: me quedaba maravillado durante horas viendo cómo los profesores tallaban figuras con la precisión de un cirujano. Me obsesionaba el detalle, la mímesis de los gestos, la capacidad de darle vida a un material inerte. Todo ello envuelto en el ambiente de silencio necesario a la hora de crear. Así, con ese *latido* que golpeaba con fuerza en mi pecho cada vez que preparaba las herramientas, comencé a esculpir mis propias obras y a hacer exposiciones en galerías del barrio. La primera muestra que exhibí fue sobre manos en distintas posiciones: manos entrelazadas, manos contrapuestas, algunas en posición de ofrenda y también otras en actitud defensiva. Le di el nombre de «Manialadas».

Lo segundo mejor que me sucedió durante aquellos años es que hice buenas migas con Sara, la jefa del departamento. Pocos meses después de terminar la carrera, vino a ver una de mis exposiciones y me ofreció un puesto como profesor en la academia de unos amigos, en la materia de escultura, especialidad de modelaje de cuerpos.

Lo primero, sin duda, fue conocer a Andrés. Andresito era un tipo muy vital, de esos que contagian las ganas de seguir adelante. En la facultad, nos hicimos muy amigos y compartimos aprobados y suspensos entre charlas y cervezas. Algunos días no íbamos a clase y nos perdíamos dando vueltas por Madrid hablando de todo y nada. Era muy sociable, le encantaban los hombres y tenía relaciones con varios a la vez. Vivía su vida con total libertad. Él se reía y decía que no era promiscuo, sólo indeciso. Por primera vez, conocí a alguien que compartía mi pasión por el arte, aunque lo enfocábamos de maneras distintas. El sueño de Andrés era ser un marchante y abrir una galería de arte en alguna capital europea. Yo quería ser escultor y mostrar mi trabajo llevándolo por todo el mundo. Fantaseábamos diciendo que terminaríamos trabajando juntos. Estábamos empezando a descubrir el mundo y no necesitábamos más. Mi amigo me comprendía y no me juzgaba. Apoyaba mis locuras. Estaba enamorado de todos los chicos de la facultad y, aunque pocos le hacían caso, cuando conseguía una cita —no sé si por pesado o por el encanto que tienen los incansables— lo celebrábamos como si nos hubiera tocado la lotería. Su risa era una constante en mi vida.

Sin embargo, la muerte separó nuestros caminos. Sus padres fallecieron pocos meses después de terminar la carrera en un accidente de coche, y Andrés, que no tenía hermanos, tomó la decisión de marcharse a Londres. Era de ese tipo de personas que se adelantan a lo malo, que antes de que les alcance la pena ya están en otro sitio. Andrés no se quedaba a ver llover; simplemente, cambiaba de paisaje. Y eso fue lo que hizo. Ahora, dos años después de aquella desgracia, en los que cuidamos nuestra relación a través de mensajes telefónicos y llamadas, seguía siendo el mismo de siempre: un hombre alegre, en constante búsqueda, siempre un paso más allá de sus objetivos. Como él decía, es mucho mejor perseguir tus sueños que dejar que tus sueños te persigan a ti sin alcanzarte, porque uno nunca se cansa de aquello que le hace feliz.

Desde luego, ser profesor no era el trabajo de mi vida. Yo quería crear a partir de la nada, darle un sentido a lo que se da por hecho, que mi arte inundara las ciudades y las vidas de la gente. Dejar huella, eso es lo que quería. Cumplir mi sueño. No obstante, recibí el trabajo que me ofreció Sara con ganas, pues necesitaba el dinero y, además, una de las lecciones de mi abuela había sido que enseñando es como más se aprende.

Estuve trabajando allí durante dos años. La clase se impartía en un taller que se encontraba en una callejuela en un barrio del centro. Cuando llegué el primer día, descubrí un espacio lleno de polvo que olía a madera. Era pequeño y estaba desordenado; al parecer, el profesor que había dado clase el año anterior había dejado allí todo el material, herramientas y piezas sin completar. El suelo crujía con cada paso y las paredes, llenas de cuadros, estaban construidas con ladrillos anaranjados. Unas cuantas figuras a medio terminar, algunos lienzos y un par de mesas de gran longitud ocupaban la mitad de la sala. Había dos ventanales que daban a la calle e iluminaban el estudio con una luz dorada que transmitía, en medio de tanto desorden, una calma agradable. Por detrás de las mesas se vislumbraba la parte final del taller: amplia, despejada, con unos cuantos taburetes altos y un biombo para los cambios de vestuario del modelo. Sobre la pared descansaban, colgadas de un perchero, numerosas batas blancas y una escalera que daba acceso a un altillo.

El primer año fue de aprendizaje: pasar de ser alumno a ser profesor no es tan sencillo. De ese modo, y con los consejos de mi abuela referentes a la enseñanza en la mente, puse en práctica toda la teoría estudiada y traté de enseñársela a mis alumnos sin dejar de lado la ilusión y la pasión, que creo que son las principales motivaciones de este trabajo. Es importante que los estudiantes no pierdan de vista esos detalles cuando están trabajando en algo que les entusiasma. El segundo año cambiaría mi vida. Con algo más de experiencia, sobre todo en lo que se refiere al trato con jóvenes, afronté el curso con ganas y el deseo de conseguir buenos resultados entre todos. Veníamos de trabajar los rostros y las expresiones, así que para el segundo curso se me ocurrió la idea de esculpir una figura humana.

Dejé mi material sobre una de las mesas y poco después entraron los alumnos. No superaban la media docena y, tras saludarnos, fueron tomando asiento sin dejar de charlar entre ellos. Lo cierto es que la cercanía de edad —ellos estaban en los veintipocos y yo me aproximaba a los treinta—, había ayudado a romper ese bloque de hielo que separa más que acerca al profesor del alumno.

El primer día se creó una buena sintonía entre todos y les expliqué brevemente los contenidos de la asignatura en el nuevo curso, así como el objetivo de esculpir una figura humana. Les pregunté uno por uno por qué se habían apuntado a esa clase, sus motivaciones con la escultura y las Bellas Artes y, después de contarles las mías, los despedí hasta nuestra siguiente sesión, y me quedé preparando el material.

Minutos después, ya solo en el taller, ordenando las herramientas en la parte de atrás, desde la que no se veía la puerta, oí un ruido y me asomé. Allí se encontraba una chica menuda, algo aturdida pero con una mirada llena de fuerza, con el pelo largo y despeinado. Rozaría los veinticinco años. Me quedé observándola un minuto o un siglo, no lo sé, hasta que de repente ella se acercó con decisión. Sentí un rubor subiendo por mis mejillas. Ella mantenía una expresión seria y el gesto disgustado. Tenía los ojos del color del mar a punto de romper.

—Hola, soy Marta. Vengo a hacer de modelo para la clase de escultura, pero me ha costado la vida encontrar este sitio y creo que llego tarde. Joder. Llego tarde, ¿no? —Hablaba rápido y miraba hacia todos los rincones del taller, nerviosa.

—Sí, pero no pasa nada, tranquila. Hoy era la primera clase y sólo quería explicarte un poco de qué va y que los chavales y tú os conocierais para coger confianza. Empezamos en serio el jueves, así que tendrás tiempo para aprenderte el camino. —Reí—. Por cierto, me llamo Gael y soy el profesor.

—Uf. —Suspiró, ya más relajada—. Menos mal. Qué bien. Pensaba que serías un estirado. Los profesores... Ya sabes. Nos vemos pasado mañana entonces, no llegaré tarde. Ah, y encantada. Yo me llamo Marta, ¿te lo he dicho ya?

Ojalá pudiera ahora regresar a aquel momento y darme la vuelta, marcharme corriendo de aquel taller con suelos de madera y paredes de ladrillos anaranjados. Decirle a mi jefa que había cambiado de opinión e incluso de ciudad, que acababa de notar los primeros temblores de lo que sería el terremoto de mi vida y debía huir para salvarme. Ojalá pudiera ahora, también, regresar a aquel momento y quedarme a vivir allí para siempre, esculpir lo que vi y llevarlo a todos los museos del país, romper los relojes, hacer estallar la ciudad y llenar de flores el taller. Dora decía que los recuerdos no son más que sueños en el pasado, pruebas de otras vidas que no nos atrevimos a vivir. He vuelto tantas veces a aquel instante que temo que no sea cierto... Pero este sueño late con una fuerza tan grande en mi mente que es imposible ignorarlo.

Era 1934 y yo acababa de cumplir veinte años. Había vuelto a la ciudad y me sentía terriblemente sola. Acostumbrada a La Hiruela, donde vivía con mi madre, las calles se convirtieron de pronto en laberintos. Pasé de vivir en una casa cálida y protegida por el empedrado típico del lugar a una habitación minúscula, donde cabía una cama y poco más. Hacía frío, mucho frío. Aquello era gélido y yo me sentía muy sola. Pero un amigo me había recomendado para un trabajo y no podía rechazarlo.

La enseñanza para mí es un poder, un enorme poder, ¿sabes? Tienes en tus manos un montón de cabezas inocentes, listas para aprender, dispuestas a ello. En gran medida, de ti depende que, en unos años, esas personitas tomen decisiones acertadas o, al menos, intenten hacerlo, ¿lo entiendes? ¡Claro que sí! Los maestros somos la llave. Cuando uno crece y se hace mayor, se da cuenta de la cantidad de puertas cerradas que nos rodean, que nos tientan, que nos retan. Nadie nos dice esto cuando somos pequeños porque no quieren que estemos en otro sitio que no sea un parque. Y tiene sentido, Gael. To-

dos acabamos volviendo a los parques, ya sea como enamorados dispuestos a bebernos toda el agua de las fuentes o siendo ancianos como yo, que buscamos una brecha en la rutina.

Había estado en la capital antes, estudiando en la Escuela Normal de Maestras de Madrid. Mi madre había insistido en mi instrucción, posiblemente por la muerte temprana de mi padre, y también por el carácter revolucionario que nos dejó en herencia. Quería que me convirtiera en una mujer importante, que cambiara, si no el mundo, sí a aquellos que pudieran llegar a gobernarlo. Tuve suerte y no me obligó, como se hacía con las muchachas en aquel entonces, a buscar un marido, y tampoco me impidió ejercer mi profesión. La República dejaba trabajar a las mujeres bajo el amparo de nuevos aires revolucionarios; sin embargo, la primera condición que aparecía en nuestros contratos era la de no casarnos: hacerlo implicaba renunciar a nuestro ejercicio profesional porque nos debíamos a nuestros maridos. Ya ves, Gael, la hipocresía política no es algo de ahora, sino que forma parte de nuestros gobiernos desde hace demasiados años. Todavía nos queda mucho trabajo para conseguir la igualdad.

En Madrid conocí a compañeras con mis mismas inquietudes. Mujeres despiertas, inteligentes, valiosas, con las ideas claras y con una fuerza de espíritu envidiable. Yo era la más joven. Juntas nos contagiamos las ganas. Es un recuerdo al que recurrí muchos años después, cuando todo flaqueaba. No volví a verlas. Cuando regresé a la capital, no quedaba allí ninguna. Todas se habían ido a otros lugares a trabajar, pero su valentía me acompañó en aquellos primeros días de soledad.

En fin, Gaelito. Cuando llegué al colegio me encontré con alumnos de distintas edades que, sin embargo, estaban agrupados en las mismas clases. En aquellos tiempos en los que luchar era algo más que una pasión, tuvimos que pelear muy fuerte por la educación, por conseguir que aquellos muchachos crecieran con la verdad.

Para mí, la enseñanza durante la República fue algo maravilloso. Se luchaba por la cultura, por que los niños aprendieran, ¿entiendes? Pero no sólo eso: queríamos enseñarles a ser más libres y a defender una sociedad también más libre, justa y solidaria. Este país era un erial en cuanto a la educación de las clases más humildes. Lo que yo viví fue que el gobierno republicano quiso cambiar muchas cosas, y una de las primeras fue ésa. Los maestros éramos gente preparada y no nos dedicábamos a recitar la lección de memoria, sino que les ofrecíamos a los niños las herramientas para que la comprendieran por sí solos. Educamos de una manera igualitaria, y lo echaron todo por tierra. Pero ésa es otra historia.

Me asignaron la tutela de una clase en la que había muy pocos alumnos. La edad mínima para trabajar era de diez años y el absentismo, por desgracia, elevado. Una locura, aunque tendrías que haber visto el brillo en la mirada de aquellos chicos. Estaban locos por aprender, por saber, por ir más allá de lo que tenemos delante de los ojos. Fue una época tan difícil, tan difícil, pero tan enriquecedora... Y jamás me arrepentiré de aquello, jamás, ¿me oyes?

Lo llamaban cariñosamente Gael, un diminutivo de Gabriel, el nombre de su abuelo, que se había quedado en Cuba cuando, hacía un año, sus padres emigraron a España debido a la turbulencia política de su país, inmerso en huelgas y movimientos en contra del gobierno que habían provocado la huida del presidente. Temerosos, quisieron educar a su hijo lejos de todo aquello, sin saber que en el destino escogido se avecinaba también algo espantoso. Gael era apenas un muchacho cuando le conocí, aunque su apariencia era mucho más madura. Se le marcaban los músculos debajo de la ropa y su espalda, ancha, era más propia de un joven que de un adolescente. Estaba bien alimentado. Ese físico recio se perdería durante la guerra. Tenía unos ojos tan grandes como las heridas que el frío causaba en mis manos, aunque su mirada era mucho más acogedora. Era el muchacho más listo de la clase, sin duda, aunque también el más rebelde. Fue la primera persona de aquel lugar que me miró como si me conociera y me hizo sentir, de algún modo, que de nuevo había hueco para mí en esa ciudad. Su voz, impregnada de la calidez de la tierra en que nació, me acariciaba cada vez que la oía sin que yo pudiera evitar sentirme así, rozada por una caricia invisible. Se prendó de mí nada más verme, eso me confesó con el tiempo. Tu abuelo era así, obstinado y entusiasta. Se movía por pasiones y emociones, y nadie era capaz de detenerlo. Mucho menos de derrotarlo. Justamente eso fue lo que me enamoró de él: la manera en que él se enamoró de mí.

Después de mucho tiempo, he aprendido a vivir sin él, aunque nunca podré olvidarlo. Mis recuerdos son tan nítidos que a veces temo haberlos inventado.

Sin embargo, una termina aprendiendo a no luchar contra esos momentos del pasado, sino a hacerles frente, plantarles cara y atreverse a vivirlos, a recuperarlos, a dejar que sucedan, que se queden un rato, que nos sacudan por dentro... Una deja que vuelvan el tiempo que haga falta, para que así se puedan marchar del todo.

Lo cierto es que cada recuerdo, aunque ya no exista, es un nuevo instante a su lado, y eso no tiene precio, cariño. Tu abuelo me dio vida. No le olvidaré, Gaelito, claro que no. Por algo le pedí a tu padre que te diera su nombre.

DÍA DOS SIN TI

NO SALGO DE LA CAMA. AÚN ESTÁS CONMIGO, TAN GUAPA, AUNQUE SEA EN MIS PESADILLAS

Habían pasado ya dos semanas desde que comenzara mi segundo año en el taller y el ritmo de las clases era bueno. Los estudiantes eran bastante aplicados, la mayoría de ellos mantenía la constancia y la paciencia que requieren los trabajos artesanales. El objetivo del curso era esculpir una figura humana haciendo hincapié en los detalles: las marcas de expresión, una mueca particular, la profundidad de la mirada.

Yo estaba muy motivado, como nunca. Llevaba tiempo buscando ese latido del que siempre me hablaba Dora y por fin lo había encontrado. La experiencia me había convertido en un buen profesor y, al enseñar, mi destreza también había mejorado.

Amaba la escultura porque sentía que a través de ella podía crear algo nuevo, algo antes inexistente. Esa libertad casi divina me daba poder, aunque también una cierta responsabilidad. Si bien es cierto que en el arte no hay acierto ni error, sino que todo es prueba, el artista debe ser fiel a lo que crea, pues sus creaciones le definen. Es necesaria, por tanto, la empatía; es preciso buscar la conexión con el que admira, con el que decide pararse a contemplar tu obra, sin saber bien por qué. En una escultura, una pintura o cualquier obra de arte que se exponga, se debe conseguir ese lazo invisible que atrapa la mirada del que pasa por delante. Igual que un libro no existe sin unos ojos que lo lean o una canción no sobrevive sin alguien que la escuche, una obra no cumple su función si no atrapa al espectador. Quizá ese propósito sea el más complicado de llevar a cabo. Ese propósito era el que yo buscaba insistentemente.

Marta llenaba de luz aquel taller. Hay personas que son como un destello e inundan los lugares que ocupan y los corazones de los individuos que las miran. Marta era una de esas personas. Para los tipos como yo, que ven pasar el tiempo despacio y observan todo con detalle pero pocas veces se atreven a agarrar la existencia con ambas manos y zarandearla para que caigan las oportunidades, las personas como ella, inmediatas y eléctricas, fugaces en su paso por nuestras vidas, imparables como los trenes que uno ve pasar, son un espectáculo. Observarla era como escuchar mi canción favorita en directo.

Dora solía decir que es breve el tiempo que lleva acostumbrarse a las sombras, pero que, sin embargo, uno nunca se hace del todo a la claridad, como si sólo nos sintiéramos a salvo en nuestros propios recovecos, allí donde nadie es capaz de llegar.

Marta prendía fuego en todos mis rincones. Su mirada, sus gestos, su piel vulnerable y a la vez indómita expuesta a la creatividad de mis alumnos conseguía que implosionara. Un día, olvidó su móvil y tuvo que regresar ya de noche al estudio, donde yo siempre me quedaba después de finalizar la clase para terminar mis figuras. Necesitaba soledad y algo de música para trabajar, la calma de un lugar caótico para hallar la concentración, y aquel sitio era perfecto.

Sería impensable no contar que Marta era lo contrario a todo aquello que yo necesitaba. Irrumpió en el taller como el primer día, haciendo ruido, con el gesto torcido y la respiración entrecortada, murmurando algo para sí misma.

—Estoy fatal, Gael. He perdido el móvil y me he dado cuenta ya en el autobús de camino a casa, he obligado al conductor a parar a regañadientes en mitad de la carretera y unas señoras han empezado a quejarse. —De pronto rompió a reír. Un destello—. Si las hubieras visto... Echaban espuma por la boca, te lo juro. ¡Qué locas! El tipo se ha jugado la vida parando, desde luego. No creo que sobreviva a la furia de esas brujas setentonas. En fin —volvió a torcer el gesto—, voy a buscarlo, ¡espero que esté aquí!

—Espera, que te ayudo.

Me acerqué con ella al rincón donde acostumbraba a dejar sus cosas, que estaba, cómo no, hecho un desastre. En esa parte, más estrecha, la luz era tenue. Marta rebuscaba concentrada y yo intentaba hacer lo mismo, sin dejar de mirarla. Había algo en el ambiente de aquel taller en esos momentos que me ponía nervioso, cierta soledad interrumpida, no lo sé, no estoy seguro.

No lo encontrábamos, así que le propuse llamarla desde mi móvil para ver si la vibración de su teléfono nos conducía al escondite. Perseguimos entre risas el soniquete por todo el estudio hasta que finalmente lo localizamos, ya tirados en el suelo, husmeando como dos sabuesos, detrás de la escalera que conducía al altillo. De repente, Marta comenzó a gritar, a chillar de una manera histérica, aullaba como un lobo con luna llena. Me agarró la mano y la apretó con fuerza, estaba fría, congelada, y continuó desgañitándose durante diez o quince segundos. Yo estaba perplejo, pero se volvió hacia mí, apremiándome con la mirada, y me uní a sus gritos.

Entonces paró.

—¿A que sienta bien? —me preguntó, muerta de risa—. Lo hago cuando me agobio. Es que me pongo nerviosa fácilmente. Hasta las situaciones más ridículas me encogen el estómago. Es la primera vez que lo hago con alguien. Con lo tranquilo que tú eres siempre, Gael... No sé si te han dicho esto alguna vez, pero gracias por gritar conmigo.

Entonces, Marta se acercó lentamente y me besó. Fue un beso de esos que no sabes si son el preámbulo de una cascada de saliva ajena por tu cuerpo o se quedarán en una caricia en la mejilla. En ese momento, bajo aquella luz suave, fui capaz de apreciar todos los azules que se mezclaban en sus ojos. Eran azules exactos y precisos. Uno de ellos era como el cielo de un pueblo de interior el 15 de junio. Otro se parecía a las aguas de la orilla de la playa de Bolonia el 19 de enero. Un tercero era igual que la pared de la casa de Frida y Diego al sol de la mañana el 29 de marzo. Otro me recordó a la cubierta de un cuaderno de bocetos que acabé el 4 de marzo. Y un último lo creí igual que el que miró Bécquer el 3 de diciembre. Marta y su estallido de azules me besaron.

Otro destello.

Aquél se convirtió en un beso interminable que no acabó hasta mucho después. Marta sólo me miraba; yo callaba y la observaba. La acaricié con las manos llenas de arcilla seca, le quité la ropa mientras perseguía con los dedos la silueta que trabajaba cada tarde, traté de aprenderme de memoria aquella figura, imprimir en mis huellas su tacto. Llegué a su rostro tratando de encontrar la mueca que hiciera diferentes sus rasgos. Con cierto asombro, descubrí un detalle que había pasado desapercibido en las sesiones de modelaje. Marta llevaba tatuada una rama de olivo en la nuca. Era pequeña y quedaba escondida con facilidad entre los mechones que no llegaba a recogerse en el moño. Parecía un boceto, como hecho a medias, pero era bonito. Me pareció curioso. Algo propio del destino. Aquello era un símbolo. No quise preguntarle por qué lo llevaba. Recordé entonces un gesto recurrente de Marta que no podía evitar hacer mientras posaba y en el que yo me había fijado: sin darse cuenta, se acariciaba la parte de atrás del cuello. Entonces me di cuenta de que lo que tocaba era aquel dibujo de tinta. Parecía que hacerlo la tranquilizaba, puede que la conectara con algún recuerdo armonioso que le hacía recuperar el equilibrio. No me equivocaba. Como si careciera de vista, quise aprender el lenguaje de su cuerpo con mi cuerpo, leer su historia, buscar un hueco para dejar la mía. Fue la primera vez que conocí la calma de Marta, la primera vez que la vi rendida y sin escudo, tranquila, en silencio, como un animal dormido.

Allí, sobre aquella mesa larga de madera, abrazados con la piel, dejamos respirar al mundo mientras nosotros nos quedábamos sin aliento. Hicimos el amor en todos los rincones del taller. Marta los iluminaba y yo me bebía sus llamas.

Al terminar, con el color del delirio todavía latiendo en las mejillas, recuperamos la respiración. Los dos temblábamos.

—Me tengo que ir —dijo Marta, de repente con expresión seria, mientras se abrochaba la camisa de la que yo, momentos antes, la había despojado. Tenía el cabello revuelto, el flequillo totalmente alborotado. Apenas podía intuir sus azules ahora.

—¿Te acompaño? —le pregunté.

—No, no te preocupes. Oye —señaló el móvil—, gracias por esto. Nos vemos mañana. —Se inclinó y me dio un beso en la mejilla—. Y por los gritos, gracias por eso también —susurró.

No nos permitían estar juntos. Nadie: ni mis padres ni los suyos ni la escuela ni siquiera los vecinos. Murmuraban, nos miraban, nos obligaban a escondernos. La diferencia de edad y mi puesto de trabajo les molestaban. Qué absurdos. Los que condenan no se dan cuenta de nada, cielo mío. Prohibir amar a un enamorado es empujarle a hacerlo. El ser humano tiene la estúpida manía de decidir sobre las vidas de los demás, de obligar y de vetar desde un falso altar moral, como si eso le diera el poder que tanto ansía y que nunca llegará a conseguir. No creo en el que mira desde arriba y niega. Los grandes triunfos de la historia se han conseguido a pesar de que alguna vez alguien los quiso impedir, ¿no es así?

Escucha esto que te digo, Gael mío: el amor es libertad, y en ningún momento consiguieron hacerme creer que lo que tu abuelo y yo hacíamos estaba mal, porque jamás me he sentido tan libre como cuando estaba con él. No trates nunca de obligar a nadie a que se quede a tu lado: dale alas para que pueda decidir libremente cuándo irse y cuándo volver. Ésa será la única manera de asegurarte un amor real y auténtico. El pájaro que vuelve a casa es el que vuela.

Las primeras palabras de amor aparecieron en cartas que tu abuelo escondía en los trabajos que yo les mandaba en clase. Era tan testarudo... La primera me sorprendió una tarde mientras corregía unos ejercicios. Yo ya andaba notando sus miradas por los pasillos, las excusas acumuladas para ser el último en abandonar la clase y su sonrisa de pillo. Sin embargo, no hacía cuentas; aún no había encontrado mi sitio en aquella ciudad y otros asuntos ocupaban mi cabeza.

En la primera carta me trataba de usted y me suplicaba una reunión ese mismo día a última hora, ya que tenía que darme algo con extrema urgencia. Pensé que sería algo relacionado con el colegio, así que esperé a que se presentara. Parece que lo estoy viendo ahora mismo, tan guapo, con su melena larga repeinada para atrás, su traje de los días importantes y esa sonrisa tan bravucona. Tenía ese «aguaje» irresistible que dicen los cubanos. Te pareces tanto a él... Ésa fue la primera vez que nos vimos a solas. Allí, plantado en mi despacho, sacó algo envuelto en papel atado con una cuerda y lo dejó sobre la mesa. «Me he fijado en que tiene heridas en las manos. El frío. Yo no los uso, no me hacen falta, así que pen-

sé que quizá le vengan bien a usted para protegerse las manos y cuidarlas. Las tiene demasiado bonitas como para que el frío se las eche a perder.» Se marchó y abrí el paquete: eran unos guantes de lana, enormes, de color marrón. En ese instante, algo se agrandó dentro de mí.

A esa primera carta le sucedieron quince o veinte más; te las enseñaré, las tengo a buen recaudo. En ellas me hablaba de su día a día, me contaba sus aspiraciones, me confesaba que quería dejar de trabajar en las tierras de otros que guardaban sus padres, que su sueño era amasar pan y abrir una tahona como la que tenían en Cuba para que a su familia no le faltara nunca de comer, que le fascinaban mi ternura e inteligencia, que nunca había conocido a alguien como yo. Yo le contestaba con suma prudencia, le preguntaba por su gente, le reconocía que echaba de menos mi pueblo, que me notaba desorientada en Madrid, que yo tampoco había conocido nunca a alguien como él. Su madurez y sinceridad, las palabras que me decía... Todo ello tocaba mi corazón y lo conmovía. Poco a poco, su delicadeza fue ganando un espacio dentro de mí y su presencia se me fue haciendo cada vez más necesaria.

Tu abuelo ya había conseguido despertar mi amor, una atención romántica que llevaba toda la vida dormida, pues mi pasión era el trabajo y no tenía hueco para nada más. Pero el amor no tiene forma, mi vida, ya lo descubrirás, no se coloca en un rincón de nosotros y busca su espacio. El amor te aga-

rra de las manos, te eleva y te suelta sin paracaídas. Ese vértigo es maravilloso. Y después... Durante el descenso ves los paisajes más bellos del mundo, ves tu vida clara y limpia, como una nube, y nada más importa. Dime, ¿qué más da el suelo cuando ya lo has visto todo en la caída?

El primer beso fue detrás del colegio, en un patio estrecho que conducía a una capilla de piedra. En aquellos tiempos, la enseñanza religiosa era obligatoria y todos los muchachos tenían que acudir a la iglesia a rezar. A tu abuelo le daban igual esas cosas, él decía que no creía en nada que no pudiera ver o tocar, que por eso creía solamente en mí. Nos habíamos citado allí en la última carta y yo lo esperaba ansiosa, expectante por nuestro encuentro. Tu abuelo apareció, apresurado y despeinado, como si acabara de escapar de un campo de minas. Me cogió de las manos y me abrazó. «Mi padre ha leído nuestras cartas. Dice que va a hablar con el director, que esto es algo que no se puede permitir, que va a hacer que te despidan y que, si no lo consigue, me sacará del colegio y me pondrá a trabajar la tierra. Estoy enamorado de ti, Dorita, y tengo miedo. No quiero que nos separen, quiero estar a tu lado para siempre.» Nos besamos. Fue un beso lleno de angustia y calma al mismo tiempo. Un beso rebosante de tiempo y de ganas. Nuestro primer beso, torpe y apresurado. En ese instante, ambos cruzamos una puerta que no volveríamos a atravesar. A partir de entonces, todo lo que veíamos por delante era futuro.

La vida está llena de primeras veces, de situaciones que descubrimos al comenzar algo. Esos momentos colman nuestra memoria —los primeros en habitarla son recuerdos de este tipo—, escriben la base de las experiencias futuras. Sin embargo, uno tiene que vivir muchas veces una misma cosa para poder aprenderla y experimentarla en su totalidad. ¿Entiendes lo que te digo? Nunca dejaré que se pierda el primer beso con tu abuelo, cariño, pero la vida me ha dado muchos más besos que tampoco olvidaré.

DÍA TRES SIN TI

NO LLAMAS Y TODO, LAS CANCIONES MI CAMA LA PENA MI PECHO TU NOMBRE MI NOMBRE CON EL TUYO TUS FOTOS MIS TROZOS NUESTROS RESTOS, COMUNICA

Hay algo en los encuentros pasionales que los hace únicos. No me refiero a la conexión que se crea ni a la unión física de dos cuerpos y todo lo que eso conlleva, ni siquiera a los movimientos acompasados que recuerdan a un baile ensayado, a la sensación de bienestar que dejan en el cuerpo y en la mente o a la pérdida rotunda de cadenas morales y vergüenzas. El sexo te eleva como un proyectil, hacia o —mejor dicho— contra el cielo; te mantiene en el aire unos instantes y te deja caer como una pluma sobre la realidad. El sexo es bello y absoluto porque en algún momento termina y eso permite que vuelva a empezar, y es que todo aquello que acaba posee una belleza que nunca desaparece. Es un viaje de ida y vuelta, un paisaje efímero que desaparece al abrir los ojos.

También ocurre con las canciones y con los libros, con los atardeceres, con el amor e, incluso, con la muerte. Es necesario comprender la fugacidad de las cosas para poder atraparlas en el instante justo en que nos pasan por delante.

Cuando Marta y yo nos acostábamos, conectaba con ella como no lo había hecho jamás con otras chicas. Cada vez que me rozaba, un relámpago sacudía mi cuerpo por dentro. Encendía algo, no sé el qué, pero yo sentía un brillo nuevo en mi interior.

En esos tiempos, para mí el sexo era un revulsivo, una forma de aislarme de mí mismo, cierto descanso mental. Era como abrir la ventana de una habitación vacía, como si conectara de nuevo con el mundo real. Sólo había tenido una novia y fue durante la adolescencia. La mayoría de los encuentros sexuales posteriores que había mantenido habían sido esporádicos.

Desde aquella historia primeriza no había vuelto a mostrar un interés especial por ninguna persona, el arte ocupaba mi tiempo y mi mente. Andrés me animaba a encontrar una pareja estable. Sabía que no era como él, que no me servían los encuentros de una noche. Pensaba que alguien como yo, con una pasión tan solitaria y absorbente, necesitaba de alguien que me acompañara y a quien acompañar, que sirviera de conexión entre mi imaginario y el mundo real. Sin embargo, yo mostraba todavía cierto recelo por que alguien irrumpiera en ese lugar sagrado y sufría un miedo insano a que si lo hacía no entendiera mi modo de vivir. Estaba acostumbrado a conocer a amantes del arte, sobre todo en las exposiciones, pero tras varios intentos fallidos por mantener una relación más seria por fin había comprendido que poco o nada tiene que ver amar el arte con amar al artista. Al final, solían huir en cuanto se agotaban la admiración y el frenesí, y descubrían el desorden de una vida dedicada a la búsqueda de algo que no existe, algo que hay que crear. Ante eso, sólo me quedaba la opción de aceptar mi soledad impuesta y dejar la puerta medio cerrada para que no dolieran tanto los portazos.

Sin embargo, Marta había invadido mi vida sin pedir permiso y ahí estaba yo, perplejo, esperando dócil el siguiente movimiento.

Marta llegaba cada día a clase con la mirada ausente. De manera involuntaria, o eso me parecía, conseguía hacer sentir ajeno al que la contemplaba. Parecía habitar en un lugar muy lejos de sí misma. Pese a ello, cuando hablaba cambiaba de expresión de inmediato, hacía un gesto con la boca y su rostro se llenaba de pequeños pliegues que me sonreían. Así era ella: antes podías mirarla e imaginarla entristecida y al cabo de un minuto su rostro se despertaba y se entusiasmaba contigo. Era una persona en constante viaje. Muy atrayente, aunque tremendamente difícil de alcanzar.

Aquel vaivén, sin embargo, era una suerte de regalo para mí. Yo siempre he sido un entusiasta de la observación, soy un hombre contemplativo. Me gusta mirar, analizar y encontrar. Creo que todo lo bueno que tiene la vida no se ve, sino que se descubre al escarbar la superficie de lo evidente. Cuando observaba a Marta sin que se diera cuenta, sentía que algo importante me esperaba, paciente, en ella. No la conocía demasiado, pero un lazo resistente tiraba de mí hacia su cuerpo. Necesitaba saber más.

Después de aquel primer encuentro, me ponía muy nervioso imaginar el momento de verla en clase. Sentía una mezcla de excitación y timidez. A ella parecía divertirle y jugaba. El día después de acostarnos, apareció en clase con la misma ropa y, consciente de que no le quitaba ojo de encima, dejó el móvil en el mismo sitio en el que lo habíamos encontrado la noche anterior. En esa sesión, Marta posó reclinada sobre sí misma un par de horas. A pesar de mantenerse inmóvil, desprendía una belleza enérgica y contagiosa. Sus ojos, clavados en mí, me mantenían alerta, y su mano, en cada descanso, buscaba la mía con disimulo. Cuando terminó la clase, mientras los alumnos se iban marchando, fue a cambiarse de ropa tras el biombo situado al fondo del taller y dejó caer su ropa interior al otro lado. No habíamos cruzado palabra en todo el día más allá de un par de indicaciones durante la sesión, pero todo lo que allí se respiraba eran señales y yo, como un animal hambriento, no pude hacer otra cosa que seguir su rastro. Pasé por detrás del biombo y, girándola con un brazo, la besé con fuerza. Ella se subió a horcajadas sobre mí y, contra la pared, volvimos a hacer el amor. No era difícil intuirnos, descubrir el gusto de cada uno, competir por alcanzar el deseo del otro. Aquella pasión estaba convirtiendo en cenizas mis paredes.

—¿No te enfadas nunca? —me preguntó una noche.

Solíamos quedarnos en el taller al terminar las clases. Había colocado un colchón en el altillo para descansar y aprovechar el tiempo los días en los que me quedaba esculpiendo hasta la madrugada. Esa dedicación era algo que había heredado de Dora e, igual que a ella, el amor me sorprendió trabajando. Sin embargo, Marta nunca se quedaba a dormir. Esperaba a que yo cerrara los ojos y entonces se marchaba sin hacer ruido, como si no quisiera romper el silencio.

Hablábamos de todo. Marta parecía alguien a quien nunca habían preguntado nada. Hablaba con atropello, como si tuviera prisa por llegar al final de la respuesta. Después se quedaba callada, de nuevo ausente, pero con la mirada clavada en mis ojos, y atacaba con cuestiones de esas que no te esperas y no sabes bien cómo contestar. Aún no sé si quería conocerme o sólo hacer en voz alta preguntas que ni ella misma podía responder. Lo que sí he de confesar es que con ella perdí el miedo a lo que hay después del sexo.

—No me sienta bien enfadarme. Me pasé la mitad de mi adolescencia en un enfado continuo, aunque sin sentido, con mis padres y, ¿ves aquí? —le señalé una arruga pequeña pero profunda marcada entre mis cejas—, esto es lo único que he conseguido. Una arruga diminuta que me da el aspecto de un tipo feo y enfurruñado.

—Te queda bien con los ricitos que te caen por la frente —rio Marta. No es casualidad la similitud de palabras: la risa de Marta sonaba como la corriente de un río—. No te enfades con tus padres, no lo hagas si puedes evitarlo. —Hizo una pausa—. Eres muy delicado, pero tienes las manos enormes, Gael. ¿Te das cuenta de eso? No pareces haber nacido para ser tierno y, sin embargo, la profesión de tus manos es acariciar. No sé por qué, pero me calmas. —Se quedó callada unos segundos, de nuevo ausente—. Y a ti, ¿qué es lo que te calma?

—Por tonto que parezca, me dan paz los documentales de océanos en los que salen millones de peces de colores nadando a una velocidad increíble. ¿Sabes de cuáles te hablo? Parecen inalcanzables. Me quedo absorto mirándolos... Tan juntos y diminutos, tan veloces. Son como una gran sábana de color en medio del agua y de las rocas. Me gusta mirarlos y saber que es imposible atraparlos. Pero lo que de verdad me da mucha tranquilidad es observarlos cuando se paran en mitad de la carrera para descansar, suspendidos de pronto en el océano. En esos instantes parece que es posible atrapar el mar.

Marta me contó que había estudiado Economía y que no le gustaba demasiado, por lo que no quiso buscar trabajo de lo suyo, así que hacía de modelo para tener algo de independencia económica. Su madre había fallecido cuando ella era pequeña y aún vivía con su padre, aunque mantenían una relación muy tóxica. Ambos habían aprendido a vivir ignorándose mutuamente dentro de la misma casa, y Marta quería emanciparse cuanto antes, escapar de aquel lugar e irse a vivir lejos de ese ambiente con rescoldos de polvo.

Al parecer, su padre no podía soportar la ausencia de su mujer y Marta le recordaba demasiado a ella. Esto era algo que le repetía continuamente para, después, evitarla, aquejado por una culpabilidad que le hacía sentirse miserable, solo y deshumanizado. Marta sufría por no ser quien su padre esperaba. El hecho de llevar esa carga tan insoportable desde niña la había convertido en una joven sin esperanza, sin fe en cualquier relación que supusiera un intercambio de afecto. Llegó a confesarme que estaba segura de que su padre habría preferido que hubiese muerto ella. Recuerdo a la perfección el escalofrío que me subió por la espalda al escucharla; tenía los ojos más azules que nunca.

Mientras hablaba me acariciaba las manos, como si quisiera decirme algo más sin usar las palabras. Cambió de tema y me preguntó por la escultura y las clases, y también por mi familia y amigos, con un interés desmedido, como un niño que curiosea sobre todo aquello que desconoce. Le hablé de Dora y de la importancia que tenía en mi vida.

—¿Has hecho esto más veces? Quiero decir, acostarte con alguien en tu taller, contarle cosas de tu vida, hablarle de tu abuela, de Andrés...

Marta estaba tumbada en el colchón de espaldas a mí, de medio lado. Yo la rodeaba con los brazos y mi cabeza encajaba en el hueco que dejaba su cuello. Nuestras piernas, flexionadas en una curva perfecta, se acoplaban y seguían el mismo recorrido sobre el colchón. Su mano apretaba la mía con fuerza y el resto de la cama sobraba.

—No, nunca he conseguido enredar tanto a alguien. —Reí—. Es broma —añadí, besándole el cabello y apretándome contra ella—. La verdad es que nunca nadie me había hecho estas preguntas, así que no, no he hecho nada de eso antes, no le he contado a nadie detalles tan personales de mi vida. ¿Y tú? ¿Es la primera vez que dejas caer la ropa interior tras un biombo y acabas en los brazos de un escultor? —le pregunté socarrón.

Esperé su respuesta, pero no se produjo. Marta y su energía implacable, su velocidad inmediata, su otro mundo lleno de destellos, ya dormían, por primera vez, en mi cama.

Aquella noche, Marta y yo no dejamos de abrazarnos. Ya dormidos, nos movíamos de un lado a otro del colchón, aunque no soltábamos nuestros cuerpos. En un momento dado, ella estaba de espaldas, y, poco después, era yo quien se daba la vuelta, pero el otro siempre acompañaba el movimiento. Amanecimos enredados entre las sábanas y con los brazos confundidos, sin poder ocultar la sorpresa por aquel baile nocturno. Apenas nos conocíamos y, sin embargo, parecía que, al menos en sueños, no podíamos soltarnos.

Por supuesto que dudé, cariño. Siempre hay una duda detrás de una respuesta. Recuerdo aquella época como una de las más difíciles por todo lo que tuve que dejar atrás, pero también como una de las más valientes por aquello a lo que me enfrenté.

Yo era profesora, él era alumno, vivíamos en un lugar donde todos nos conocíamos, la época era tan convulsa... Tu abuelo estaba decidido a que nos escapáramos, me hablaba de nuestro futuro con brillo en los ojos, como si estuviera sucediendo delante de ellos lo que en esos momentos me decía: «Nuestros hijos tendrán la piel del color de los caminos que mis padres recorrieron para traerme hasta ti, Dorita, y sus ojos serán libres y verdes como las montañas que nos rodean y nos aprietan en las tardes, y les pondré el nombre del río que nos lleve lejos de este lugar, serán listos como tú y tendrán tu acento grabado en el corazón, y sabrán buscar su sitio y quedarse en él cuando lo encuentren, Dorita, como nosotros, porque les enseñaremos que el amor no espera, se queda cuando él decide».

Tenía una forma de ver la vida pura y sencilla. Tu abuelo me enseñó la suerte de tener un sueño en la vida, lo que realmente significa que exista algo que nos haga felices en un mundo tan triste como éste. Cuando deseas algo con el corazón, todo lo demás —las dificultades, los obstáculos, las negaciones— se convierte en hilos que se deshacen en el tiempo. Hazme caso, mi vida, tú lo sabes bien: lo que hoy parece imposible, mañana será un sueño cumplido.

Cuando él me hablaba, yo me olvidaba del resto de los maestros, de las amenazas del director a mi puesto si aquello no cesaba, de su familia, de las habladurías de los compañeros, de la tensión que se extendía por el colegio como una nube que anuncia la tempestad. Sin embargo, nuestra relación cada vez iba a más y cada noche, en mi casa, me asaltaba la preocupación. Una voz en mi conciencia me instaba a parar todo aquello, a tomar esa decisión por los dos, y en esos momentos los años que le sacaba parecían kilómetros que nos separaban cada vez más.

Una mañana, la presión pudo conmigo y le dije a tu abuelo que no podíamos vernos más. No quería ser responsable de que abandonara los estudios y a su familia, y he de confesar que también temía perder mi trabajo y no encontrar otro. ¿Qué diría mi madre si volvía a La Hiruela, a casa, sin un sueldo? Con todo lo que había luchado para que su hija consiguiera un trabajo... Mi padre había fallecido antes de que yo naciera y mi madre ya no podía mantenerse sola. Qué momento más terrible, Gaelito... Rompí a llorar y tu abuelo, sin decir palabra, pero con el corazón partido en dos, me abrazó fuerte. Al soltarnos, acarició mis manos con las suyas. Me calmó, me calmó con una paciencia y un cariño infinitos. Ya no quedaba casi rastro de mis heridas, la primavera empezaba a asomarse por las calles y el frío no era tan duro.

Se sucedieron los meses. El director decidió cambiarlo de clase y, aunque nunca dejé de buscarlo con la mirada por los pasillos, no volví a encontrarme con Gael a solas. Pensaba en él cada día, los recuerdos no me dejaban pasar página y ese amor herido no menguaba, al contrario, me iba provocando poco a poco más daño. Quise acostumbrarme a su ausencia, hice esfuerzos por aprender a vivir sin él, por aceptar aquella situación impuesta. Sin embargo, algo fallaba. Dentro de mí había algo que me decía que estaba cerrando las puertas a un amor que sí era posible y al que estaba renunciando por cobarde. Estaba renunciando a darle forma a algo que existía y me hacía feliz.

Hay momentos en los que la vida te coloca en una situación compleja: escoger entre lo que puede hacerte feliz y lo que quieres que te haga feliz. La primera opción es sencilla, no supone un esfuerzo importante ni te obliga a renunciar a nada. Se trata de oportunidades que la vida pone frente a tus ojos, oportunidades que normalmente aplauden los que te rodean. Te animan, te dicen lo afortunado que eres, te prohíben dudar, te obligan a agradecerlo. Parece casi atrevido decir que eso no es lo que tú has escogido. Entonces surgen los segundos caminos, esos en los que no se vislumbra el final, ni siquiera el recorrido. Están plagados de miedo y vértigo, de una indecisión que a veces parece que no termina, de dedos acusadores que llaman imprudencia y osadía a tu valor. Entrañan riesgos y, casi siempre, falta de seguridad, de la certeza de que aquello vaya a salir bien. Sin embargo, en esos lugares se encuentran los sueños, las verdaderas aspiraciones de cada uno, ya sean trabajos, relaciones o ganas de abrir nuevas puertas. En esos trayectos aparece de pronto la libertad más pura: la del alma.

El que decide aventurarse por la senda de la valentía y del riesgo encontrará campos en los que sentarse y gritar hasta perder el aliento. El que escoge la primera alternativa, el que abraza todo lo que le viene dado y se conforma, intentará gritar, pero será demasiado tarde: sólo exhalará un suspiro que se llevará el viento. Hay que abrir los ojos para poder soñar, no lo olvides: los sueños no se cumplen con los ojos cerrados.

Fueron unos tiempos dificilísimos, mi vida, pero gracias a ellos supe que arriesgarse no siempre significa perder, y que aquello que se queda atrás forma parte también del destino.

Fue entonces cuando me di cuenta de que debía elegir entre el trabajo y una existencia sin riesgos o el amor por tu abuelo.

Quiero decirte algo que he aprendido con el tiempo: la felicidad no es la meta, sino el camino.

DÍA CUATRO SIN TI

ME ABANDONASTE A LAS TRES EN PUNTO. EL RELOJ LLEVA CUATRO DÍAS MARCANDO LAS TRES Y CINCO

Marta y yo teníamos, o al menos así yo lo creía, una relación de sexo brutal. Una pasión incentivada por aquellos ratos de clase en los que ella posaba desnuda y yo me dedicaba a contemplarla y a trabajar junto a mis alumnos sobre su figura.

Casi me la sabía de memoria. Cuando estábamos a solas, aprovechaba para aprenderme sus pliegues, las arrugas que se formaban en su espalda al agacharse, la ondulación de los mechones de su cabello, tan difíciles de esculpir. Trataba de quedarme con todos esos detalles: las venas marcadas en las manos, el hueso de su tobillo, el arco de las corvas, la forma en que la piel descendía por su cuello.

Tallar a Marta fue, de hecho, otro modo de hacerle el amor. Primero plasmé su figura en un papel, en el que iba añadiendo detalles a medida que conocía mejor su cuerpo. Su rostro al carboncillo era hipnótico: esa mirada escondía un lugar al que era imposible acceder. Después creé el esqueleto de alambre de la figura para guiarme en su modelado. Pasé a amasar el barro con cuidado y paciencia, como si fuera su cuerpo el que masajeara, cediéndole mi ternura y mi tiempo. Me gustaba dejar algo de mis manos en las figuras; dotarlas, en parte, de la vida que les faltaba. El proceso que seguía consistía en ir añadiendo trozos de barro al soporte de metal, integrándolos con los dedos, mezclándolos con agua para ablandarlos y facilitar su manejo. En ese punto, la creatividad cobraba un papel importante. Debía retirar la masa sobrante perfilando los gestos del rostro y las marcas del cuerpo, respetando las curvas y dejando mi huella en cada surco. El resultado del trabajo era una escultura a la vez propia y ajena, una obra que cobraba vida cuando terminaba de moldearla.

Es cierto: querer a alguien se parece a esculpir. Primero observas su rostro y su cuerpo; lo miras y lo analizas buscando el detalle que lo hace diferente, y dejas que esa distinción se cuele en tu mente y evite que pienses en otra cosa. El siguiente paso es intentar conocerlo todo de esa persona: sus manías y sus sueños, también lo que más teme y lo que le pasó con cinco años, el nombre de su primera mascota, la ciudad donde viven sus abuelos. Cuando sucede todo eso, deseas encontrarte frente a frente con ella y aprenderte sus movimientos de memoria, descubriros en la calle, intuiros en la cama en un trance que dure lo máximo posible. También quieres llenarla de ternura, dedicarle todo el tiempo que ahora parece escaso, ir poco a poco adentrándote en los espacios que permite que ocupes. Del mismo modo, tropiezas con esquinas de su carácter que te incomodan y tratas de suavizar el choque, intentas no cambiarla, sino sacar lo mejor de ella y respetar su modo de ser; procuras, incluso, querer todas sus aristas. Finalmente, descubres que la vida a su lado es un rato muy pequeño, tanto como el tiempo que te ha llevado conocerla.

Por ese motivo, una tarde decidí llevarme su escultura a casa y trabajarla allí. Se había convertido en algo personal que disfrutaba y me hacía olvidar todo lo demás. Cuando Marta se iba a casa después de acostarnos juntos, siempre tan huidiza, yo dedicaba la noche a dar vida a su imagen. No la necesitaba delante, posando, para darle forma. Marta era algo más. Fue un ejercicio de creatividad intenso y agotador. No me agobiaba pensar que podía equivocarme; al fin y al cabo, mi forma de verla era sólo mía y eso convertía a la escultura en una pieza única.

El trabajo duró lo mismo que nuestra relación. Creo que, de algún modo, nuestra historia comenzó y terminó durante ese proceso.

El sexo con Marta era eléctrico y revitalizador. Me conectaba con una parte de mí que desconocía, mitad animal, mitad humana. No teníamos vergüenza ni tabúes, nos convertíamos en dos animales sedientos de algo más de lo que nos ofrecía la vida en esos momentos. Todo lo que se encontraba fuera de la cama —Marta se refería a ello como *precipicio*— carecía de importancia. Pasábamos los ratos libres enredados, hacía mías sus manos, le cedía parte de mi espalda, en sus muslos descansaba todo mi cuerpo. Una noche, en otro de sus destellos, me regaló un lunar que adornaba su antebrazo derecho. Me lo dijo así, mientras lo repasaba con el dedo: «Te lo regalo». En ese momento no supe qué hacer con las manos, se me quedaron pequeñas para abarcar tantísimo. Después me acarició con ternura el cuello y deslizó el dedo índice por ese tobogán diminuto que cae por debajo de la nuez y desemboca donde comienza el esternón, deteniéndolo al final.

—Este hueco me lo quedo para mí, para siempre, ¿vale? Este hueco ya es mío. ¿Me lo das?

—Te lo regalo. Ya es tuyo —alcancé a decir.

La distancia que separa el sexo del amor es, precisamente, la sensación de unión. Dos personas pueden tener relaciones sexuales magníficas, crear sobre el somier una coreografía totalmente cohesionada, alcanzar el orgasmo con facilidad y entenderse como si fueran un único amante. Sin embargo, para llegar al amor esa conexión debe ser capaz de reproducirse igualmente con la ropa puesta, en situaciones cotidianas, en un ambiente distinto. No tiene por qué darse —de hecho, es complicado que suceda—, pero cuando ese entendimiento que va más allá de los sentidos físicos ocurre —es importante que sea sin previo aviso y sin forzar—, resulta imposible rechazarlo. Debe sentirse a la vez por las dos personas, en mayor o menor medida, para que surja, para que crezca y se desarrolle. A veces te das cuenta de que el amor se abre paso en la cama cuando ella se levanta, se viste y se marcha, y tú quieres irte con ella sin preguntar adónde va. Otras veces te descubres pensando en ella al ver una película o te apetece recomendarle el libro que acabas de leer. En otras ocasiones, solamente quieres encontrarla al llegar a casa o te la imaginas por la mañana yendo a comprar el pan.

Enamorarse de alguien con quien sólo buscas compartir cama es más sencillo de lo que parece. Sin ropa, nos mostramos tal y como somos, no maquillamos los puntos débiles ni potenciamos los especiales. Lo que enseñamos es lo que somos y, por lo tanto, esa autenticidad favorece que el amor surja sobre una verdad y pueda durar. Lo ideal en las relaciones sentimentales que comienzan siendo sólo sexo es trasladar esa pasión animal que nace en la cama al amor, es decir, amar con la misma fuerza y falta de pudor con la que se folla.

Marta no se había vuelto a quedar a dormir. Yo se lo había sugerido en alguna ocasión y ella había respondido con evasivas, pero en cuanto me dormía, se esfumaba. Como un sueño, sólo que al contrario. Literalmente, cerrar los ojos era dejar de verla.

Una tarde le pregunté directamente por qué no se quedaba nunca a pasar la noche. En ese instante, Marta torció el gesto y me soltó con una facilidad pasmosa una frase que nunca olvidaré: «El amor se acaba cuando uno de los dos cierra los ojos». Le pedí que me explicara lo que quería decir y me dijo que la diversión y los buenos momentos en las relaciones se acaban cuando dormir juntos se convierte en un acto rutinario. «Debemos cuidar las ganas que nos tenemos», añadió. Le contesté que eso era una tontería y que no podía ser tan calculadora, que acabábamos de conocernos y que las ganas no se pueden dosificar. Además, le dije que, precisamente, lo que hace que una relación funcione es esa entrega a los deseos. Me reí y no me tomé demasiado en serio lo que me había dicho. Le di un beso y le aseguré, con cierta chulería, que el día que se quedara a dormir conmigo no querría volver a despertarse en otro sitio. Hoy sé que lo que le pasaba a Marta era que no estaba preparada para amanecer todos los días en el mismo lugar.

Por ese motivo, la mañana que despertamos juntos por primera vez enredados el uno en el otro fue cuanto menos sorprendente. Abrimos los ojos casi a la vez y nos miramos perplejos, como si alguien hubiera abierto una puerta que llevara siglos cerrada y mirase, atónito, al interior.

—Buenos días —me dijo Marta aquel día, adormilada y algo cortada—. Me quedé dormida... ¿Qué hora es?

—No tengo ni idea, deben de ser las doce o la una —le contesté desperezándome, con un nervio extraño en el estómago.

Se estiró como un gato, levantando el vientre y tensando los brazos y las piernas, y emitió un gruñido parecido a un bostezo, consecuencia del movimiento, para a continuación dejarse caer sobre la cama. Un destello más.

Si observar a Marta dormida era mágico, verla despertar era recobrar la fe.

—Qué bien he dormido —me dijo. De pronto se tumbó encima de mí y dejó caer todo su peso sobre mi cuerpo. Enredó uno de mis rizos entre sus dedos y tiró de él suavemente. Evitó mirarme a los ojos—. No me quiero ir a casa, Gael. No quiero estar con mi padre.

Dora me enseñó que hay puertas que deben abrirse para saber lo que hay detrás; los fantasmas viven en habitaciones cerradas. De nada vale el miedo al qué pasará, al monstruo que duerme debajo de la cama, o al desnudo frente a otra persona. Mucha gente se escuda en la frase «no quiero que me hagan daño» para no dar oportunidades a nuevos aires. El hecho de no atreverse a empezar algo por la pena que sufriste en otro momento carece de sentido. Las personas debemos aprender a vivir con el dolor o, mejor dicho, dejar de tenerle miedo. También tenemos que saber asumir el dolor como algo propio y no darle el nombre de otra persona, a pesar de que haya sido causado por ella y no elegido por nosotros. Ésa es la única manera de comprenderlo y poder sobrellevarlo sin que afecte a las decisiones futuras.

Marta era una puerta entreabierta de la que salían, como un recuerdo constante, motas de polvo suspendidas en un rayo de luz de media tarde. Era imposible ver lo que la ocupaba. Por momentos, uno se esperaba una habitación derruida, a medio hacer, un par de muebles rotos, un lugar abandonado, aunque con mil posibilidades. En otras ocasiones, esa luz se convertía en una señal y una melodía de orquesta te invitaba a adentrarte en ella con la inocencia de un niño, para encontrar allí una cama blanca impoluta, una estantería llena de libros ordenados por géneros y por autores y una ventana con vistas a una playa vacía.

Temía a esa chica; algo me decía que la soledad de su mirada terminaría por aislarme y que no saldría ileso de aquello. Pero yo siempre había amado el mar y las islas, la calma y los escombros, su centelleo y su forma de mirarme a oscuras.

—¿Quieres quedarte a dormir en mi casa esta noche? Si tienes un rato, puedo hacerte un hueco en mi vida.

—¿Sabes? Nunca he estado enamorada —me confesó Marta un rato después. Habíamos comido, habíamos puesto una película canadiense *(Los amores imaginarios)*, habíamos dormido, habíamos follado y ahora reposábamos el día, el uno sobre el otro—. He estado con varios chicos y he llorado por ellos, pero nunca lo he pasado fatal al dejarlos; es más, no me ha resultado difícil hacerlo. Me cuesta estar en el mismo sitio mucho tiempo, ¿sabes? Me agobio. Creo que el amor atrapa y, en cierto modo, te obliga a querer compartir con otro un lugar que no es de nadie. Y cuando esa persona se va, ¿qué pasa? El mundo está lleno de gente abandonada que vive esquivando agujeros, y eso me parece algo terrible, ¿no crees?

—Claro que no, Marta —le espeté—. El enamoramiento no es eso que dices. Estar enamorado es como volver a ser un niño: crees que todo es posible y no te preguntas ni te cuestionas nada. Te dicen que el cielo se nubla porque está enfermo y te imaginas un hospital de nubes, o te cuentan que los terremotos suceden porque nuestro planeta está luchando contra otro y eres capaz de imaginar la batalla. —Reí—. No existe la duda y no hay diferencia entre la realidad y los sueños. Estar enamorado es creer, por encima de todo, que estar enamorado es posible. Por eso uno sabe cuándo lo está. Por eso no duda y lo da todo.

—Ya... Pero ¿y lo que viene después, cuando todo eso termina? ¿Eso también es amor? —rebatió con el ceño fruncido—. No lo creo.

—Sí, sigue siendo amor cuando termina. Claro que sí. Todo viaje de ida tiene una vuelta, todos los abrazos terminan despegándose, los aviones aterrizan, los frigoríficos se vacían, no sé..., las canciones acaban, y no por ello dejan de ser lo que son. ¿No te das cuenta de que hay amor por todas partes? En el niño que se declara a una niña que se ríe, en el viudo que guarda con mimo una foto de su mujer, en la primera vez que le rompen el corazón a una chica de dieciséis años, en el dolor de un divorcio... En todo eso sigue habiendo amor, porque el amor no termina, aunque una historia sí lo haga. De eso se trata: no de esquivar esos agujeros, sino de saber dónde se encuentran y seguir tu camino sin miedo a caer en ellos, es decir, aprender a vivir con los finales sin renunciar a otros principios —añadí.

—No lo sé, Gael —expresó Marta, aún dubitativa—. A mí me aterra esa dependencia, darle tu corazón a alguien y creer con una fe ciega que lo va a cuidar. Creo que el problema es que esperamos constantemente cosas de los demás; es más, esperamos que hagan lo que nosotros haríamos, y cuando no lo hacen, nos enfadamos, nos duele y los culpamos por no dejarnos recuperar un corazón intacto. Creo que el dolor es algo propio y no deberíamos dejar a nadie entrar ahí.

—¿Quién te ha hecho tanto daño para que pienses así? —Me volví hacia ella.

—Supongo que no he crecido rodeada de amor, y es difícil creer en algo que nunca has visto —musitó.

Me quedé mirándola un rato. Recordé las flores que rodeaban la residencia de ancianos donde llevaron a mi abuela y pensé en lo trágico que es llenar de vida un lugar donde van las personas a apagarse.

—Lo descubrirás cuando te enamores, Marta, ya verás, me llamarás y me dirás: Gael, tenías razón, estar enamorada es la hostia.

Le soplé la nariz, como tantas otras veces, sabiendo que era el botón que encendía su risa.

Marta rompió a reír y me besó, adelantándose al futuro.

Qué mal lo pasé, mi vida. Es tremendamente complicado cerrar los ojos ante una realidad diaria. Yo ya quería a tu abuelo, estaba profundamente enamorada de él, pero tenía miedo. El amor es así, no es un camino llano y simple, sino que está lleno de piedras. Es un acantilado con vistas preciosas, créeme, pero da vértigo por la altura. Pero él estaba ahí, seguía ahí, justo enfrente, tendiéndome la mano —tus manos se parecen tanto a las suyas...—, sin perder esa sonrisa que siempre alumbraba su rostro. En esos momentos yo me sentía atrapada, su risa resonaba por todas partes.

Es importante que escuches lo que voy a contarte ahora, pues es un error que muchos cometen. En las relaciones, el amante tiende a pensar en el amado de una manera egoísta. He visto a muchas personas luchando diariamente por cambiar a sus parejas haciendo una lista con sus defectos para ponerles solución —¡qué barbaridad, como si los fallos no contaran historias!—, convirtiéndolos en excusas; criticando a sus parejas por todas sus carencias cuando en realidad son ellos mismos quienes las sufren; en definitiva, personas que quieren a alguien diseñado por y para ellas, a su antojo, como si los amados fueran una especie de muñeco fabricado en un ideal de mentira, en vez de detenerse ante esos defectos, alumbrarlos y preguntar con cuidado de dónde vienen para tratar de comprenderlos. No se dan cuenta de que las cicatrices, los gestos torcidos, los miedos, la cobardía, los famosos escudos siempre son añadidos y merecen un hueco en cada uno, un nombre, incluso, que nos recuerde quién y por qué los causó. Porque al final, Gael, sólo quien es capaz de contemplar de frente una herida ajena puede convivir con la propia. Mi vida, escúchame, no debemos olvidar nunca las historias que cuentan nuestras heridas.

Tu abuelo, tan seguro como estaba de sí mismo y de nosotros, con esa edad en la que la mayoría de los muchachos descubren la vida, no tuvo prisa, me cedió el tiempo que necesité para estar tan segura como él. ¿Sabes qué me decía? «Dorita, mi amor, yo te quería también cuando te esperaba, y no me era necesario decírtelo. Cuando llegabas a clase, aunque no te viera, ya me quedaba tranquilo, pues sabía que tarde o temprano nos volveríamos a encontrar, e incluso entonces no tenía ningún apuro, porque nunca he tenido tanta seguridad de algo como de este amor. Eres tan hermosa que podría esperarte toda la vida.»

Él pensó en mí y en vez de cambiar mis defectos, los acogió con la valentía que sólo tienen los que saben amar. No quiso ignorar mis recelos para apresurar nuestro encuentro, pues el miedo es el animal con mayor olfato que existe, constantemente atento y en guardia, siempre, siempre ahí por mucho que lo escondas, sino que fue paciente. Y su serenidad, espacio y confianza me dieron la seguridad que necesitaba para enfrentarme a ellos.

Como te decía, pasé meses sin verle. Llegó el verano y me fui a La Hiruela para hacer compañía a mi madre, que estaba mayor y enferma. Pensé que volver a casa me haría recuperar la cordura, olvidar a ese muchacho. Pensé, no sin equivocarme, que al salir de aquel lugar dejaría atrás todo lo que no cupiera en la maleta, como si cuando uno se marcha no cargara a la espalda todo aquello que deja. ¿Quieres saber algo, mi vida? Muchos creen que, cuando las cosas se complican, la solución más apropiada es irse lejos. No se dan cuenta de que todo aquello que abandonan sigue intacto y en el mismo lugar cuando vuelven. Es como una cama rota. Aunque uno de los dos se vaya, la cama seguirá rota cuando decida volver, porque el que se queda no puede arreglarla solo, es un espacio compartido. Una huida, cariño, no es más que una pausa en el tiempo, a veces irremediable.

Yo estuve a punto de conseguirlo. Despejé mi mente, volví a los lugares de mi infancia. Me reencontré con Vicente, el primo hermano de mi madre, que había sido un padre para mí durante mi adolescencia y cuidaba de mi madre, y que venía desde Francia para pasar el verano en su pueblo natal. Junto a ambos, pasé largas tardes al sol apoyada en aquella pared que sostenía la casa y en la que la mujer colocaba, una vez se marchaba el frío, ya en mayo, un par de sillas por si alguien, una vecina, el panadero, la niña de los vecinos o su propia hija, quería compartir el día con ella. Mi madre, ya mayor, no hablaba nunca, pero su silencio comprendía todos mis ruidos, y eso era suficiente. Por el contrario, Vicente no paraba de contar cotilleos de toda la gente del barrio. La vida en La Hiruela me hizo reconectar con lo sencillo. Fui consciente de que las cosas no cambian, sino que somos nosotros los que nos vamos transformando en función de las decisiones que tomamos. Ése sería el último verano que compartiríamos, pues mi madre fallecería pocos meses después. Vicente la acompañó hasta el final y luego regresó a Francia, donde tenía su hogar desde hacía ya muchos años.

Pensé que una relación tan complicada con un chico más joven no era lo que la vida me tenía pre-

parado, que debía ceñirme al plan que el destino disponía para las muchachas como yo, con un corazón elegido y no un corazón que elige. Por debajo de mi rebeldía y de mi pasión latía un sentimiento de obediencia, una conciencia aletargada que se despertaba cuando regresaba a casa de mi madre. Sólo imaginar el escándalo que aquello supondría, no únicamente en el colegio sino en mi pueblo, donde llegaban todas las noticias de la capital relacionadas con los vecinos, me entristecía y me llenaba de miedo el alma. Cuando uno se marcha del lugar en el que ha nacido y conoce mundo, a gente distinta, otras situaciones fuera del ambiente de siempre, es irremediable que experimente un cambio en la concepción de las cosas, y que ese cambio se acentúe cuando regresa a donde fue niño, como quien vuelve a la casilla de salida. Sin embargo, el mismo camino es distinto cuando lo recorres dos veces, pues ya has paseado por él y lo conoces, por lo que emprendes la ruta buscando vistas nuevas, aprendiendo. Eso era lo que me estaba ocurriendo: dentro de mí sabía que lo que el corazón me pedía no era algo malvado ni fuera de lugar; tal vez sólo estaba fuera de tiempo y quizá también fuera de la comprensión de aquellos que seguían en la primera casilla, pero no por ello lo que yo sentía era menos válido, menos bueno, menos cierto, menos posible.

Pasaron las tardes de sol y silencio con mi madre, las charlas banales pero cariñosas con Vicente. El verano llegaba a su fin e iba a dar comienzo el nuevo curso. Regresé a Madrid nerviosa, en mi interior ya había tomado una decisión, y ésta llevaba el nombre de tu abuelo, tu nombre, Gael, su nombre. Los nervios me paralizaban. ¿Seguiría queriéndome? ¿Habría conocido a alguien en esos meses? ¿Estaría dispuesto a volver a mirarme como aquellos primeros días, hacía ya justo un año? ¿Sería capaz de perdonar mi ausencia, de comprender mis miedos, de acogerme en esas manos tan grandes que sentía capaces de sacudir el mundo cada vez que éste se llenaba de polvo?

Nada más llegar, lo busqué desesperada, pero no pude encontrarlo por ningún sitio. Me asusté; creí que quizá sus padres se habían marchado a otra ciudad, puede que hubiera dejado los estudios para ponerse a trabajar. No tenía una dirección donde escribirle, un teléfono, una persona de contacto. Sólo su nombre y apellidos, y nadie a quien pedir ayuda. Desolada, llegué al colegio con una nube gigante sobre mi cabeza. Estaba tan triste, mi vida, y tan arrepentida, que pensé que aquello me había pasado por cobarde, por no afrontar las cosas cuando surgen. Le había cerrado la puerta y ahora no había nadie al otro lado. Sin embargo, al llegar a mi mesa encontré en ella un paquete arrugado y un sobre. Abrí el paquete y descubrí unos guantes, con forro, de color morado. Eran preciosos. Aún los guardo. El sobre escondía una nota que decía lo siguiente:

> He estado prestando atención y los vecinos dicen que este año el invierno será mucho más frío

que el anterior. Aquí tienes unos guantes nuevos, son de mejor calidad. He estado trabajando mucho este verano, pero no más de lo que he estado pensando en ti, y estoy seguro que sólo unos buenos guantes pueden merecer tus manos, Dorita. Estas bajas temperaturas no van a poder con nosotros, y es muy importante que lo sepas. Estoy preparado para pasar contigo el invierno más frío del mundo. Pero no tengo apuro. No tengo ningún apuro. Haz tu camino y encuéntrame en él cuando lo desees. Yo estaré contento si me dices que en algún momento te quedarás en el mío y seremos felices.

Todo fue sencillo, como lo fue la vida a su lado. Tu abuelo era de ese tipo de personas que resuelven las situaciones más complicadas de una manera tan simple que todo parece fácil. Escúchame, cariño: si encuentras a alguien así, no le dejes escapar. Por nada del mundo. Y, si puedes, haz algo aún mejor: conviértete tú en esa persona para alguien. Creo que no hay sensación más hermosa que la de sentir que haces la vida sencilla a alguien que te importa.

Entiende también esto que te digo: sólo hay una forma de superar un miedo, y no es corriendo ni quedándose quieto; hay que mirarlo de frente, ponerle un nombre y hablar con él hasta comprenderlo. Sólo se necesita un poco de valentía, porque es complicado tratar de resolver las preguntas que viven dentro de nosotros y el miedo es un escudo muy poderoso, pero no se puede vivir toda la vida con interrogantes en la cabeza. Sólo así se despejan, cariño, con paciencia y valentía.

El bueno de tu abuelo —parece que estoy viendo ahora mismo sus ojos en los tuyos— supo ver más allá del miedo que me inmovilizaba y, en vez de restar importancia a mis temores y salvarme de ellos, dejó que aprendiera yo sola a superarlos. No me dio la mano para cruzar el puente que me llevaba hasta él, sólo me la tendió desde el otro lado.

Eso es el amor también: la espera, la paciencia que lleva a la tranquilidad de saber que el que viene caminando hacia ti, aunque esté roto, aún hace pie.

DÍA CINCO SIN TI

TU AUSENCIA APLASTANDO MIS ENTRAÑAS. PARECIERA QUE HAN PASADO POR MI ALMA NOVENTA AÑOS

Pasaban los días y Marta los ocupaba todos. Se había colado en mi cabeza sin avisar y yo no podía dejar de pensar en ella. Me sentía tranquilo cuando se encontraba cerca. Todo estaba pasando tan rápido que el miedo ni siquiera podía rozarnos los talones. Cuando lo observaba fuera de sus brazos, el mundo me parecía algo simple y, al mismo tiempo, todo lo que vivía a su lado se me antojaba de una belleza insuperable.

Recordé la insistencia de Andrés para que encontrara una pareja estable. Tenía razón: Marta ejercía de puente entre mi mente y el mundo, se había convertido en una especie de conexión entre lo onírico y lo real. Me mantenía los pies en la tierra y le daba a todo la importancia justa. Perdí la desconfianza de abrirme con alguien y ya no tenía prisa por vivir, por llegar a otro sitio distinto al que me encontraba en ese momento. Por primera vez en mucho tiempo, quería quedarme donde estaba.

Empezamos a vernos fuera del horario de clases. Solíamos ir a exposiciones y al cine, nos metíamos mano en los baños de los bares, empezábamos películas que no terminábamos, pedíamos comida china a domicilio, le prestaba mis libros, me enseñaba sus canciones favoritas. Ella hablaba constantemente y yo comencé a desprenderme del silencio. Sin darme cuenta, cambié mi soledad por tiempo a su lado. Nunca pensé que si aquello no funcionaba sería incapaz de regresar ileso. Cuando uno se acostumbra a los sonidos de alguien, cualquier otro ruido se silencia, incluso el propio. El problema es que cuando se va, el eco que deja es peor que un grito.

No tardé en sentir algo muy intenso por ella y pronto desarrollé una vocación de refugio. Marta estaba sola, era casi huérfana, caminaba sin rumbo y yo sentí la necesidad de ofrecerle un lugar donde descansar, donde imaginar su vida y dar rienda suelta a los sueños. Ella se resistía; a decir verdad, nunca me dejó entrar por completo en su vida. Quizá eso fue lo que me mantuvo, día y noche, esperándola. Tardé tiempo en darme cuenta de que nadie necesita que lo salven, de que sólo uno es capaz de salvarse a sí mismo.

Era tal mi emoción ante una sensación tan nueva que llamé a Andrés para contárselo. Aproveché para hacerlo una de las pocas noches que Marta no se quedó a dormir. Encendí el ordenador y marqué su número. Ni siquiera me di cuenta de que eran las tres de la madrugada.

—¿Gael? ¿Qué pasa? —respondió Andrés, adormilado.

—Tío, ha pasado —le dije, riéndome—. ¡Ha pasado!

—¿Que ha pasado el qué? Pero ¿qué dices? ¿Dónde estás? —Noté cómo se desperezaba de repente, asustado.

—La he conocido. A Marta. Bueno, eso, se llama Marta. Es de aquí, de Madrid. Trabaja conmigo en el taller. Joder, Andrés, si es que desde el primer día... Es como si todo hubiera cobrado sentido, todo, la escultura, tantos años solo, el curro, la historia de mis abuelos... Estoy que no me lo creo.

—Lo que estás es chalado. —Se rio a carcajadas—. ¿Has visto qué hora es? ¿Tú crees que es normal llamarme a estas horas para contarme que te has enamorado? —prosiguió, bostezando—. Mañana hablamos, loco.

Sí. Estaba loco por ella. En clase disimulábamos para proteger nuestros trabajos, pero en cuanto el último alumno se marchaba, no le dejaba ni un minuto para ponerse la ropa. La pasión latía con fiereza en nuestros cuerpos al vernos y esconderla era casi un suplicio. Jamás había mantenido ese ritmo con alguien, sentía una necesidad acuciante de tocarla a cada momento, de colgarme de su cuello como un mono. Quizá la obligación de disimular, como el que se esconde en la mano un caramelo en un quiosco para comérselo después, alimentaba el hambre que sentíamos. Al final, la actitud tan puritana de la sociedad respecto al sexo sólo consigue que los amantes busquen amarse con más intensidad, aunque sea de escondite en escondite.

No podía parar.

Me gustaba mirarla a los ojos cuando estaba dentro de ella y decirle barbaridades, perdernos el respeto para ganar otra cosa mejor. Su forma de mirarme en esos momentos, como si yo tuviera todas las respuestas que ella necesitaba, me excitaba de un modo brutal, y su cara cuando llegaba al orgasmo en mis manos me parecía lo mejor que había hecho en la vida, como si hubiera venido al mundo únicamente para darle placer. Me resultaba imposible no desearla a cada instante. Marta me correspondía. A veces se dejaba hacer y otras era ella la que dirigía la escena.

Amaba sus maneras, me enganchaba su modo de ser: ausente, despreocupada, casi libre. Había irrumpido en mi vida para rehacer algo que llevaba tiempo deshecho. Estaba llena de luz y de sorpresas.

Al día siguiente escribí a Andrés y le conté toda la historia con detalle. Echaba de menos a mi amigo, pero en mi emoción le sentía cerca. Sabía que él se alegraba por todo lo bueno que me pasaba.

Mientras tanto, la escultura de Marta, incompleta, descansaba en mi casa.

Una noche, Marta me llevó a un bar del centro de la ciudad. Era un pequeño antro con tres o cuatro tipos recién salidos de una película, solitarios, con la mirada perdida y el codo en la barra. Los focos estaban muy bajos y sonaba una canción que aún recuerdo con nostalgia y me trae esa impaciencia que guardan las cosas que se queman antes de arder. Al fondo se distinguía una tarima en la que una pareja de unos cincuenta años, copa en mano, trataba de seguir el ritmo de la música. En la parte izquierda, una máquina de recreativos se tragaba con avidez el sueldo de un hombre. Nunca había estado en un sitio así, pero parecía que Marta lo conocía muy bien. Me senté a una mesa alejada del ruido de las tragaperras y del baile desacompasado de la pareja mientras ella se acercaba a la barra y se daba un efusivo abrazo con el camarero, al que parecía conocer. Tardó unos minutos en regresar y sentarse. Traía dos whiskies con hielo.

—¿Whisky? Eres una caja de sorpresas.

—Tiene una explicación, pero no voy a dejar que la descubras tan fácilmente.

Marta bebió un sorbo de su copa y, antes de tragarlo, lo mantuvo durante unos instantes en la boca, arrimó su silla a mi lado y, con un movimiento lento, acercó los labios a mi oreja.

—Bésame —me ordenó.

Un temblor tensó mi cuerpo. Incliné la cabeza hacia ella, la miré a los ojos y, sin apartar la vista, deslicé mi mano derecha por su mejilla mientras la atraía hacia mí con el brazo izquierdo. Y la besé lentamente. Repasé con la lengua el contorno de sus labios, busqué la suya con los míos, le rocé los dientes y mordisqueé con suavidad la carne de su boca, dejando que se deshiciera en saliva sobre la mía.

Su beso ardía y tenía cierto gusto a madera de roble, un aroma a malta con un toque de miel. Intenso, dulce y amargo al mismo tiempo, breve pero duradero. Marta guardaba en su boca el sabor de los campos, de mis tardes de verano tumbado sobre una bala de paja, de una estampida de caballos en pleno desierto, del sol que ciega los ojos a través de la ventana de un tren en dirección al sur.

Tardé unos segundos en separarme de su boca, aún aturdido por la música envolvente y la excitación de aquel beso.

—¿Nunca habías probado el whisky en la boca de otra persona? Es algo que me vuelve loca —confesó, sonriendo de medio lado y sin apartar sus ojos azules de mi cara—. Me encanta besar a alguien que acaba de beber whisky. Me encanta besarte a ti —añadió, acercando con un gesto mi copa al borde de la mesa.

—Tú a mí sí que me vuelves loco —le susurré, antes de beberme lo que quedaba en el vaso y lanzarme de nuevo a su boca.

—Gael.

Cuando Marta empezaba así las conversaciones, mi corazón se contraía, como si al decir mi nombre consiguiera que mi futuro más cercano dependiera de las palabras que viniesen a continuación.

Esa noche, después del momento del bar, Marta estaba algo más ausente de lo habitual. Cuando eso sucedía, yo la dejaba irse, pues esas ausencias no eran más que viajes a otro lugar en el que ella se había dejado algo. Sin embargo, aquello duró más de lo habitual y decidí preguntarle, disimulando la inquietud:

—Dime, Marta, ¿qué pasa?

—¿Has visto *Casablanca*? La película.

—Sí, la vi hace unos años —le respondí—. ¿Por qué?

—Es una de mis películas favoritas. Esa gran historia de amor en mitad de la Segunda Guerra Mundial. Hay una escena en la que los protagonistas, Ilsa y Rick, hablan del avance de las tropas alemanas sobre París. A ella se le nota realmente preocupada, ¿sabes? Entonces se vuelve hacia él y le dice: «El mundo se derrumba y nosotros nos enamoramos». Te acuerdas, ¿no? —Me gustaba cuando Marta afirmaba que compartíamos recuerdos.

—Sí, me acuerdo. Es una frase muy bonita.

—No es sólo la frase, sino todo lo que significa —dijo, algo enfurruñada.

Marta solía hablar así, con frases abstractas que jamás completaba. Parecía que buscaba que alguien le diera esa respuesta que tanto necesitaba y de la que aún desconocía la pregunta.

—¿Sabes cómo me siento a veces contigo? —me preguntó de repente, después de quedarse callada unos segundos.

—¿Cómo? —En ese momento abrí todas mis ventanas para que Marta no dudara en entrar.

—Como un pasajero que viaja en un tren de esos que tienen paradas de larga duración y se baja en una de ellas a esperar y descubre un pueblo pequeño y precioso, un pueblo desconocido al que probablemente no habría ido nunca si no se hubiera montado en ese tren con paradas, y camina hasta la plaza y se sienta a tomarse un café mientras observa a la gente que vive allí y pasea sin prisa, y se pregunta cómo serán sus vidas y si son felices y si piensan en algún momento en irse de allí, porque cree que a él le pasaría, que él querría huir de un lugar tan alejado de lo que ya conoce. —Lo soltó de carrerilla, haciendo pausas breves para tomar aliento. Marta miraba hacia otro sitio, pero me apretaba la mano con fuerza.

—¿Y qué pasa al final? —le pregunté, expectante.

—Pues pasa que los vuelve a mirar y ve en sus caras lo felices que son, la tranquilidad con la que pasean por esa plaza que ya se saben de memoria, y piensa que él, que se va, debe de ser mucho más infeliz que ellos, que se quedan —respondió en un tono melancólico que la llevaba muy lejos de donde se encontraba.

—¿Y se va? —Recordé todos los trenes que había cogido durante mi vida, todas las personas que subían y bajaban con gesto de autómata, la tristeza inherente a los vagones, aquella chica que, absorta en la lectura de un libro, olvidó bajarse en su parada durante un trayecto que compartimos. Pensé en si habría alguien esperándola. Si seguiría allí.

—No lo sé. Quizá se vaya a su casa a coger la maleta para mudarse o quizá se vaya para no volver y piense en ese lugar toda su vida. No lo sé todavía —contestó Marta.

Me quedé un rato callado, con su mano apretando la mía, pensando en lo grande que era el mundo y lo pequeñas que eran todas las ventanas.

Marta era una persona melancólica y dejaba posos de nostalgia allí donde se instalaba. Eso me dejó cuando se fue: la sensación de tener las manos vacías.

Hay ciertas personas que aparecen en tu vida para enseñarte a echar de menos, y esa gente es necesaria, pues al arrebatarte algo, también te dan.

Dora repetía mucho una frase: «Un desierto sin agua es otra cosa, pero nunca un desierto». Nunca se lo pregunté, aunque ahora que la sed se había despertado en mi boca, creo que por fin comprendía lo que quería decir.

Al principio, tu abuelo y yo nos quisimos con desorden y sin acierto. Decidimos aguantar lo que quedaba de curso y marcharnos juntos de Madrid. Alegando necesidades familiares, conseguí una plaza en un instituto de un pueblo pequeñito del sur, en Almería, que se llamaba Alhama. Aunque fue una salida hacia un escalafón inferior, no me quedó más remedio. No quería abandonar mi amor y tampoco mi profesión. Las oposiciones habían sido duras y sin duda merecía mi puesto en la capital, pero tenía claro que no me iba a quedar en un lugar donde no podía ser feliz. A veces uno tiene que buscar un equilibrio, colocar el peso de las decisiones en el sitio justo, aquel que no está en los extremos de la balanza. Así se libra uno de elegir, que no es sino renunciar.

Gael, tras enfrentarse a su padre, que finalmente vio que no podía luchar contra nosotros, me siguió. «Soy tu viento —me decía—, te llevo a todas partes, voy contigo a todas horas y te levanto la falda siempre que puedo.» Qué bribón, cómo me hacía reír. A veces suena su risa cuando está todo en silencio, como si me recordara que la vida nunca muere.

Alquilamos una casita preciosa de fachada naranja. El suelo era de azulejo hidráulico y mostraba un mosaico con forma estrellada, marrón y gris, con un redondel burdeos en el centro. Me encantaba ese suelo. Era muy frío y estaba algo desgastado, pero le daba color a nuestra casa. Ésta constaba de dos habitaciones pequeñas y un pasillo amplio en el que imaginé jugando a más de un niño, aunque al final uno solo fue suficiente. Las ventanas eran grandes y estaban pintadas de blanco. La luz de esa casa era un lujo. Contaba también con un patio trasero amplio que daba a un pequeño terreno. Con buena mano podremos aprovecharlo, pensamos enseguida. Tenía lo básico para vivir, así que tu abuelo se puso manos a la obra y en poco tiempo construyó un somier, una mesa para el comedor, unas cuantas sillas y un par de mecedoras para que descansáramos en el patio cuando volviera de trabajar. Por la noche, bajo ese cielo tan limpio, pasábamos las horas charlando.

Con mi sueldo no fue difícil hacernos cargo del alquiler durante unos cuantos años. Aquel pueblo olía a calma. Me recordó enseguida a mi infancia, tenía un color parecido y el sol quemaba de igual manera. Supe que allí seríamos felices. Sus habitantes eran gente trabajadora, muy similar a nosotros en cuanto al modo de vida. Pese a ello, y quizá por todo lo que nos había llevado allí, no quisimos alardear de nuestra relación y jamás contamos a nadie cómo nos habíamos conocido. No quisimos correr ese riesgo, ya que el «qué dirán» seguía coartando las mentes de la sociedad española. Mientras yo trabajaba, Gael se quedaba en casa estudiando los libros que yo le llevaba del colegio. Entre los dos decidimos que no volvería a las aulas, pero no por ello dejaría de formarse.

Las clases eran muy importantes para mí. Por aquel entonces, mis compañeros y yo defendíamos una educación basada en la libertad, luchábamos contra las imposiciones morales, contra la incultura que asolaba el país. Empecé a trabajar en la escuela, que estaba en la cuesta del pueblo, que iba desde la plaza hasta la carretera nueva. Los alumnos, más concentrados en lo que pasaba fuera que en lo que ocurría dentro, no me lo pusieron difícil. Bastó con empezar dándoles lo que les suscitaba algo de interés. Recuerdo que escribíamos frases para analizarlas sintácticamente cuyos protagonistas eran ellos mismos:

A Pedro le gustan el juego de la pelota y los bocadillos de chorizo.

Blanquita e Irene se han comprado el mismo vestido para las fiestas.

Antonio siempre ayuda en casa a sus papás Francisco y María.

Juanita huele hoy a rosas.

Lo que queríamos era crear un proyecto educativo que ayudara a revertir la situación de pobreza cultural que vivíamos, ¿sabes? Se buscaba una educación obligatoria, laica, mixta, inspirada en ideales de solidaridad y de igualdad, una educación que diera una oportunidad a todos, no sólo a los hijos de las familias más acomodadas. Y yo creía absolutamente en esa idea tan bella, tan justa, casi una utopía en aquellos años. Peleamos por ello desde cada escuela, desde cada pueblo... Fueron años de una intensidad que ahora me conmueve. No éramos conscientes de lo que vendría después, o quizá sí, no lo sé. No me arrepiento ni de una sola de mis clases. Me sentía realizada y con algo que decir, algo que enseñar. Y tu abuelo admiraba todo aquello.

Cuando nos fuimos de la capital fue muy difícil empezar de cero en un lugar ajeno a los dos, con esa sensación de huida avergonzada que nunca llegó a abandonarnos del todo. Todos los amores conllevan riesgos, pero hay algunos que sólo pueden crecer sobre la pérdida, y al final son los más resistentes.

Gael dejó atrás a su familia, su ciudad y su futuro. Yo me eché encima una responsabilidad que tardaría tiempo en irse y no me permitiría estar del todo bien con él. Sufrimos nervios, culpa, dudas. Nuestra relación estaba envenenada, acusada. Por más que nos hubiéramos ido, el rumor constante nos seguía a todas partes, aunque, por suerte, no dejamos que nos acallara.

¿Sabes qué es lo que hace que un amor funcione? La mano tendida, mi vida. Cuando yo perdía pie y me agobiaba por nuestra situación, por el trabajo

de Gael que no llegaba, por todos los fantasmas, tu abuelo venía a buscarme y me llevaba a un valle desde el que se veía el pueblo, y allí me contaba lo que había hecho durante el día: el libro que había terminado, su fascinación por la literatura, la charla con el panadero, lo que había decidido cocinar esa noche, las ganas que tenía de tumbarse boca arriba en nuestra cama. Ese rayo de cotidianidad y presente conseguía derribar todas mis preocupaciones. Éramos él y yo. Todo lo demás, humo del pasado.

Tu abuelo casi nunca estaba triste, él sabía sostener nuestra felicidad. Sin embargo, después de recibir las cartas de su familia le invadían la nostalgia y la preocupación. Se preguntaba si realmente las cosas iban tan bien como le contaban. Tu abuelo era tremendamente fiel y familiar, por ello lo elegí como padre de mis hijos, por eso comprendí y valoré tanto sus renuncias en favor de su futura familia. Sus padres tardaron en aceptar nuestra relación, aunque terminaron comprendiendo la felicidad de su hijo. Supongo que, siendo emigrantes, tus bisabuelos entendieron lo que es tener que huir. Cuando esto sucedía, cuando la melancolía inundaba su mirada, traía a Gael, ya hombre, a mis brazos y le pedía que me contara anécdotas de su infancia, cómo celebraba sus cumpleaños, la historia de sus abuelos, la vida en su tierra, sus sueños de niño. Tu abuelo entonces recuperaba el brillo de los ojos, me apretaba la mano y pasaba horas hablando, haciéndome partícipe de sus recuerdos. El recuerdo de su tierra cu-

bana lo revivía y la sonrisa regresaba a ese rostro que tanto amaba.

A eso me refiero, Gael. La mano tendida. El equilibrio. Uno, aunque esté cansado, debe tener un ojo siempre abierto para no perder de vista lo que sucede.

DÍA SEIS SIN TI

HOY SÓLO HE LLORADO ESCUCHANDO A ANDRÉS Y LEYENDO A ERNESTO. VOY MEJORANDO

Conocí a Marta en otoño. Nuestra relación se parecía a esa llovizna constante pero agradable, a las tardes en casa refugiándonos del viento que nos quería llevar a otro lugar, a una nostalgia inevitable que nos esperaba bajo el precipicio y nos hacía presagiar un futuro separados, a una brisa leve que antecedía un bosque de árboles sin hojas. Vivíamos en días que anochecían demasiado pronto.

No lo sé; quizá necesitó mi calor y en mitad de la helada se dio cuenta de que el frío no es tan malo y los armarios están llenos de mantas. Es cierto que el verano siempre llega, como un relámpago o un deseo al aire, pero Marta se fue con sus destellos y me dejó a oscuras. Apagado en medio de un sol abrasador. A tientas en un mundo lleno de chispazos.

Pasaron los meses y con ellos multitud de aviones con vistas a nuestro balcón, hubo viajes de ida al corazón de cada uno, inventamos nuevas maneras de besarnos, encontramos el modo de encajar en el abrazo del otro, supimos adelantarnos a todos los relojes que amenazaron el camino, ideamos un nuevo abecedario que hablaba del color del cabello de nuestro futuro hijo. Yo le decía que sólo quería que tuviera de mí las manos y el pelo; ella se reía y me decía que todo eso era suyo, que no podía ser de nadie más, que nuestro hijo sería un árbol en mitad de una playa y descansaríamos toda la vida bajo su sombra, tranquilos, en paz.

El miedo dejó de existir en nuestras conversaciones. Marta fue ella misma, por fin, aunque ser ella implicaba no mostrarse por completo. Pero así era, y yo la quería más allá de los muros. Era capaz de verla cuando decidía esconderse y no me molestaba esperarla. En cierta manera, dediqué todo ese tiempo a conocerla, y lo hice de tal modo que llegué a comprenderla.

Es así: el amor no es más que comprensión. Al fin y al cabo, entender a alguien es mucho más sencillo que entendernos a nosotros mismos. Basta con abrir los ojos y aguzar la mirada, responder sus preguntas con sus respuestas y no con las nuestras, y dejar la puerta siempre abierta.

Por ese mismo motivo, porque la conocía tanto como la quería, no hice nada el día que me abandonó y derrumbó los aviones y sacó los dedos de mi pecho y escupió los besos que teníamos pendientes y se cortó los brazos para salir de mi cuerpo y clavó las agujas del reloj en mi espalda y mató a nuestro futuro hijo, que se deshizo en las raíces de un árbol ya marchito.

Aquella mañana, Marta llegó a mi casa con una actitud que empezaba a ser recurrente. Estaba rara, distante y fría, y se mantuvo así durante la comida. Yo pensé que sería uno de *sus momentos*, esos ratos en los que se aislaba y viajaba a otro lugar que sólo ella conocía. No quise molestarla, pero su ausencia se alargó más de lo normal y ya en la cama, donde nos dejábamos caer después de comer, en ese mismo lugar donde tantas veces habíamos hecho el amor, le pregunté y todo empezó a deshacerse.

—¿Estás bien? ¿Te pasa algo?

—¿Eh? —respondió, ensimismada.

—¿Qué te pasa? —insistí.

De pronto, unas lágrimas brillantes comenzaron a resbalar por sus mejillas. Caían con orden, como si una esperara el descenso de la anterior para descolgarse del lagrimal. Recuerdo que caían más gotas de su ojo izquierdo que del derecho. Aquello parecía una carrera de relevos, y por el carril izquierdo nadaba sin duda el equipo vencedor.

Cuando Marta lloraba, se le arrugaba la barbilla y le castañeteaban los dientes, como si estuviera muerta de frío. Es extraño, pero ese espasmo tan fuera de lugar —pues a nadie le pasa cuando llora, sólo cuando tenemos frío— me paralizaba, me hipnotizaba, me gustaba. El tiempo parpadeaba en su mandíbula.

Otro de sus destellos.

Su tristeza, cuando se presentaba así de directa, sin adornos ni ruido, me fascinaba. Es curioso que una persona con una coraza tan grande tuviera esa facilidad para llorar delante de alguien. Esa pureza cristalizaba en un muro finísimo que me permitía verla, aunque no tocarla. No nos separaba, pero tampoco nos juntaba. La sensación al verla llorando era la misma que tiene alguien que se cuela en el cine y ve la película sabiendo que en cualquier momento le van a echar. No era un llanto que clamara ser interrumpido, no. Sus lágrimas no me pedían que la salvara; todo lo contrario: reclamaban su sitio, que las dejaran correr. No podía hacer nada que no fuera quedarme quieto y disfrutar del tiempo que durara aquello.

—Ocurrió en el funeral de mi madre, hace tres años —dijo Marta, después de sorberse los mocos en un gesto a caballo entre lo infantil y lo desamparado—. Yo quería a mi madre con locura, Gael, te lo juro. La admiraba, y a veces envidiaba su forma de ser. Estaba tan llena de vida... Dedicó su tiempo a enseñarme a ser yo misma y a dejar las apariencias a un lado. Se fue demasiado pronto y no consigo zafarme de esta sensación de estar a medio hacer. —Ya no lloraba, pero el temblor de su barbilla se mantenía vivo mientras hablaba.

—¿Qué pasó en el funeral? —le pregunté.

—Vino muchísima gente, demasiada. Me puse muy nerviosa. La mayoría eran compañeros del trabajo de mi padre. Él no merecía a mi madre, nunca supo cuidarla. De pequeña presencié numerosos desprecios, malas palabras, intentos de apagarla. Mi madre resistió por mí, por fingir lo que ella creía que era el ambiente de unión que necesitaba una niña, pero ahora deseo con todas mis fuerzas que hubiera hecho las maletas y se hubiese largado de aquel infierno, que hubiera usado esa fuerza para vivir su vida en vez de para resistir en la vida de otro. Pero no tuvo tiempo. Enfermó mucho. —Marta se quedó en silencio un instante, su barbilla temblorosa inundada de llanto—. Fue un cáncer terminal. El médico nos explicó que sus órganos irían fallando poco a poco y que no había nada que hacer. ¿Tú sabes lo que es que te digan que tu madre se va a morir? —soltó con la voz llena de rabia—. Viene un tipo de amabilidad ensayada a contarte que tu madre se muere. ¿Quién coño es él para decir eso? Pero mi madre no perdió la sonrisa hasta el último día. Estaba tan pálida y cansada... Me dio la mano y se dejó ir. Su muerte fue un suspiro y, sin embargo, dura tanto dentro de mí...

—Lo siento muchísimo, Marta...

—El funeral se llenó de gente desconocida a la que mi padre prestaba más atención que a mí. Odié a mi padre. Ésa no era la despedida que mi madre merecía, y entonces entendí que no habría un adiós a la altura de las bienvenidas de mi madre cuando llegaba a casa del colegio. ¿Cómo se le dice adiós a alguien que no quieres que se vaya nunca? ¿Qué iba a hacer? La odié también a ella, al principio. Me dejaba sola con mi padre, sola en el mundo, sola en mi vida. No estaba preparada, por más que hubiéramos hablado sobre cómo sería todo cuando ella se marchara, sus consejos sobre lo que me esperaba tras su muerte. ¿Sabes por qué llevo tatuada una rama de olivo? Mi madre me habló un día de la importancia de sentirse tranquilo con lo que uno hace y con lo que uno siente. Me enseñó eso, precisamente: el valor de vivir en paz. Las personas solemos ver problemas en sitios minúsculos donde no caben las soluciones. Eso nos hace vivir frustrados, intranquilos y enfadados. Cuando se murió, decidí tatuármelo en la nuca para sentirla siempre ahí, a ella y a sus lecciones, a mi espalda, guiando mis pasos. Ella insistió tanto en que quisiera mucho y quisiera bien. Recuerdo que me dijo que hay ocasiones en las que no es el amor el que viene, sino que somos nosotros los que tenemos que buscarlo cuando todo va mal y pedirle que se quede, porque al amor también hay que acostumbrarlo, en el amor también hay que confiar. —Se quedó de nuevo en silencio unos segundos, con los ojos abiertos y fijos en otra parte de su historia, como si hubiera dado con la respuesta a una de esas preguntas que jamás le hice—. Al ver a aquel grupo de extraños noté un ardor subiendo por la garganta. Nunca había sentido tanta rabia. En ese momento, mi padre quiso decir unas palabras. Se aclaró la voz y comenzó a hablar de lo solo que se quedaba, de lo valiente que debía ser ahora para empezar de cero con su hija. Era el retrato de un hombre egoísta y abandonado. Ni una palabra sobre mi madre, sobre su brillo constante, sobre cómo nos calmaba a todos. Entonces grité. Estaba totalmente fuera de mí. Les grité a todos, a mi padre, a los amigos de mi padre, a las mujeres colgadas de sus brazos; grité hasta que me quedé sin voz. Nadie reaccionó. Mi padre vino hacia mí con la mirada encendida desde el púlpito y, agarrándome de un brazo, me sacó fuera de aquel sitio. Me miró con un desprecio que ya le había visto usar con mi madre en otras ocasiones y me dijo, con el tono más hiriente y calmado del mundo: «Lárgate de aquí inmediatamente. ¿Cómo has podido montar este espectáculo en el funeral de tu madre? ¿Sabes qué? Me recuerdas a tu madre, pero nunca serás como ella. Vete de aquí».

Marta suspiró profundamente y se dejó caer sobre la almohada. Estaba derrotada. Sentí que cualquier cosa que le dijera no estaría a la altura de su confesión, así que la atraje hacia mí y la abracé. Se dejó por unos segundos, pero entonces se zafó de mi abrazo, con suavidad, y me miró con sus ojos de sal llenos de agua.

—Creo que no puedo seguir con esto, Gael. Te quiero, pero no puedo estar contigo. —Apuntó al centro, cerró los ojos y acertó en la diana, como si llevara ensayando el tiro toda la vida.

En parte, es una suerte que la guerra te pille joven, porque sabes lo que es vivir en paz y tienes toda la fuerza del mundo para luchar por recuperarla. Si eres niño, crecerás entre disparos y bombas y tus juegos de infancia consistirán en seguir los rastros de sangre que corren por las calles y conducen hacia los cadáveres. Por otro lado, si eres anciano, resistirás a duras penas, masticando el tiempo en el balanceo de una mecedora, inmerso en la preocupación constante por tus hijos que se defienden en las calles, desolado por el mundo que les queda a tus nietos, por esos últimos días perdidos pegado al transistor esperando una noticia que no llega. Sin embargo, la libertad de la juventud le permite a uno tener esas dos cosas que nadie puede quitarnos: los sueños y la resistencia.

A tu abuelo y a mí la guerra nos pilló una madrugada de verano haciendo el amor, a esa hora del día en la que el frescor de la noche aprieta, los estómagos descansan y el sueño avanza. Es importante que sepas esto, no me ruborizo por ello. Escucha bien lo que te digo, Gaelito: hay que amar hasta en la guerra. Saltó la noticia, los gritos de los vecinos se oían por toda la calle y encendimos deprisa la radio. Después nos quedamos quietos, abrazados, como si reuniéramos fuerzas para lo que venía; como el que inspira profundamente antes de sumergirse en el agua, ¿entiendes? Así hay que acercarse a los retos más difíciles. «Hay que amar hasta en la guerra, Dorita.» Tu abuelo me repetía esa frase a menudo. No la entendí hasta que terminó la contienda.

Tu abuelo, por fortuna, no participó en ningún bando. No fue llamado a filas ni le obligaron a empuñar un arma para proteger a una población que no necesitaba defensa, porque se estaba matando a sí misma. Y menos mal, pues él sólo sabía desenfundar flores o libros. Era un hombre pacífico; haber participado en la guerra le habría sumido en una tristeza absoluta que no estaba hecha para él.

Al poco de estallar el conflicto, decidimos acudir a la embajada cubana para solicitar asilo político. Tu abuelo se sentía español, pero la violencia le asustaba, así que optamos por apelar a su extranjería para que no tuviera que combatir. Obtuvimos un salvoconducto expedido por la legación cubana que le permitió disfrutar de una situación de seguridad difícil de conseguir en España en esos momentos. Consiguió, también, ponerse en contacto con sus padres que, algo mayores, encontraron paz en esa noticia. Murieron pocos años después a causa de un accidente en el campo, donde seguían trabajando, pero Gael no pudo enterarse debido a las malas co-

municaciones que existían por entonces. A veces pienso que aquél fue un consuelo que el destino le quiso regalar.

Esta situación, que al principio nos sumió en una alegría y una tranquilidad difíciles de disfrutar en tiempos de batalla, pronto se convirtió en un arma de doble filo. Tu abuelo vivía ajeno a la guerra, se abstraía del conflicto y de sus causas, no quería saber nada. No lo entendía, o no quería entenderlo, y asumió esa situación de violencia sin profundizar en el enfrentamiento. Creo que en esa época, aunque nunca me lo dijera, se sintió más extranjero que nunca.

En alguna ocasión previa al conflicto, lo había sorprendido con sus libros de historia del colegio, repasando las batallas del pasado. Estudiaba sus causas y después me preguntaba por los detalles: los nombres de este y de aquel general, de los países contendientes, de la resolución final, del bando vencedor y del vencido. Parecía que volvíamos al aula donde nos habíamos conocido. Al final siempre terminaba divagando sobre cosas que no aparecían en los libros pero que a él le interesaban: los apellidos de los niños que quedaron huérfanos de padre, cuántos núcleos familiares se deshicieron, cuántas personas tuvieron que huir a otro país y cuántos se quedaron esperando, como su familia, por las consecuencias de la guerra.

El caso es que, ahora que estaba viviendo una guerra en sus propias carnes, a tu abuelo dejó de in-

teresarle la teoría. Creo que a él sólo le gustaban los cuentos de miedo porque tenían un final, y aquella historia se le antojaba tan infinita que prefirió no abrir el libro. Vivía tan ajeno a ella que todavía hoy pienso que no llegó a ser consciente de lo que ocurría. No sé si fue una forma de proteger su inocencia y el espíritu de niño que tenía, pero lo cierto es que todo aquello, sumado al salvoconducto de la embajada que le permitía no alistarse, hizo que tu abuelo no cambiara ni un ápice su modo de ver la vida, con ese optimismo y esa confianza que mantenía con las personas, aunque no las conociera, aunque el peligro se acercara de frente. Él era incapaz de ver el lado malvado y cruel de los hombres, y eso es algo que le sucede a la gente buena. Además, la lectura le protegía de todo lo dañino que tuviera que ver con la realidad. Él quiso seguir con sus libros, sus poemas, sus cuentos... Y no se percató de la historia que se estaba escribiendo a su alrededor.

Tuvimos que escondernos. Algunos, incluso, cambiaron el discurso. Yo fui testigo de cómo compañeros míos maestros desaparecían, algunos encarcelados y otros fusilados. Vi cómo mandaban a gente para irrumpir en las clases y controlar las lecciones, cómo cambiaron los libros de pronto, cómo trataron de ultrajar aquella libertad. Sin embargo, teníamos sueños, fuerza y resistencia, y no hay disparo por la espalda capaz de acabar con todo eso.

Por fortuna, aquél no fue nuestro caso. Bajamos la voz, aunque no nos callamos. Seguí dando clase, a pesar del miedo que teníamos tu abuelo y yo, pero sentí que era lo que tenía que hacer, y tu abuelo nunca quiso que cambiara de idea. Me despedía cada mañana como siempre y me recibía preguntándome qué tal el día como si no oyéramos el eco de los disparos que resonaba por todo el país. Se reía y me preguntaba qué tonterías me habían obligado a enseñar aquella mañana a los niños y me contaba, con los ojos de chiquillo que ponía a veces, cómo podíamos engañarlos para poder seguir enseñando a los críos las mismas cosas de siempre. Me hablaba de clases a escondidas, de organizar una publicación educativa semanal con ayuda de otros compañeros y repartirla por las noches, ¡incluso de códigos secretos! Se entusiasmaba. Era un soñador. Me leía poemas de un jovencísimo y desconocido Miguel Hernández —era su favorito—, de Lorca —al que poco después asesinarían a sangre fría—, de Antonio Machado —que tuvo que exiliarse— y más textos de otros escritores. Autores que él tanto admiraba, y que tanto penó, y que tanto le dieron y tanto le quitaron a la vez. Pero él llevaba la literatura por bandera. Solía decir que los libros le habían enseñado lo que la vida no. Que tenía más vidas que un gato porque, con tan sólo abrir un libro, un día podía ser pirata, otro, un niño de la calle y otro, un caballero presto a la batalla. Ese amor por las letras puede salvar al mundo, de verdad que sí.

Aquella casa en Alhama era nuestro sueño y, aunque hablar de la guerra era inevitable, tras esas puer-

tas no existían los balazos, los paredones salpicados de sangre, el murmullo ni el miedo constante a ser señalados, la represión. Allí seguíamos tu abuelo y yo queriéndonos con la misma ternura y paz de siempre. Sin que importara que el mundo a nuestro alrededor se cayera en pedazos, porque ahí estábamos él y yo para recoger los nuestros.

Pasó la guerra y un millón de años por nuestras almas. Perdimos vida y amigos, aunque no la necesidad de enseñar a nuestros niños a vivir en libertad, de enseñarles a recuperarla. Tiempo después, en plena posguerra, yo me quedaría embarazada de tu padre. Fue una noticia tan hermosa. Tu abuelo irradiaba felicidad. Me decía: «Por fin viene tu acento, mi amor, por fin viene tu acento y mi color, por fin viene nuestro árbol».

Entonces lo comprendí: «Hay que amar hasta en la guerra». La guerra nos había sorprendido haciendo el amor y se despediría dejándonos un hijo.

Aprendimos a resistir queriéndonos. No pasó un día sin una mala noticia, aunque tampoco faltaron los besos cada noche. Nos arrebataron amigos queridos, pero aprendimos a rendir homenaje a su ausencia siguiendo adelante. Nos dimos cuenta de que cuando sólo se oyen gritos y estruendos, hay que recuperar el silencio. Mirarse a los ojos cuando todo va mal, Gaelito; qué importante es eso, qué importante es.

También nos dimos cuenta de que cuando te lo quitan todo, hay que quedarse con lo que llevas den-

tro. Y ellos nos lo quitaron todo menos las ganas de seguir amándonos. Puede sonar extraño, y seguramente más de uno se llevaría las manos a la cabeza si me escuchara, pero no me importa, porque esto fue lo que viví: la guerra me enseñó a amar de verdad.

DÍA SIETE SIN TI

MI MADRE ME HA BESADO LAS OJERAS Y HE SALIDO DEL ATAÚD QUE ES MI CAMA SIN TI, DEJANDO AL LADO DE LA ALMOHADA UNA NOTA DE RESURRECCIÓN

No hice preguntas.

Cuando Marta me dejó, me quebré por dentro y una nueva herida cruzó mi espalda, convirtiéndose en cicatriz antes de sangrar. El suelo se llenó de cristales. Empecé a beber whisky porque me recordaba a sus labios, pero no era lo mismo, así que seguí haciéndolo en un intento de recuperarlos entre sorbo y sorbo. Cada noche. Parecía una mala copia de un personaje desgraciado de una película, el típico que pierde la noción del tiempo en la barra del bar y al que nadie quiere cerca. Los días ladraban. Las resacas eran tan duras que dejé de ir a clase y no tardaron en despedirme. Con razón. Me dio igual; total, quedaba poco para terminar el curso. Mis alumnos tampoco me necesitaban. Estuve semanas sin dar señales de vida a mis padres y no tardaron en saturarme el buzón de voz del móvil, que me obsesionaba en vaciar por si Marta llamaba. Ignoré de igual modo los mensajes que me mandaba Andrés desde Londres. Después de haberle estado hablando como un adolescente sobre Marta, me avergonzaba confesarle que todo se había acabado así, de repente. No quería revivir aquello. Abandoné todos mis trabajos menos la escultura de Marta, que, incompleta, exactamente igual que yo entonces, me observaba desde una esquina de casa. Estaba tan roto que sentía que me caía dentro de mí mismo. La sensación de hundimiento era horrorosa y, por algún extraño motivo, me sentía más protegido en mi propia miseria que exponiéndome al mundo que ahora quedaba vacío.

Sin embargo, no hice preguntas.

Marta me dijo que no estaba preparada («Sólo tienes que colocarte aquí a mi lado y correr conmigo, no tienes que hacer nada más, en eso consiste, amor»), que éramos demasiado distintos y no estábamos hechos el uno para el otro («Mira mis manos, cómo te hacen, cómo te saben y terminan tus pasos; mira tus ojos, cómo me siguen, cómo encuentran sus respuestas en mí, en eso consiste, amor»), que le daba demasiado miedo no saber quererme como merecía («Mira lo que hago con tu miedo, mira cómo lo cojo, lo aplasto y lo tiro por la ventana, míralo, Marta, mira cómo lo hago, porque en eso consiste, amor»), que no quería hacerme daño («Hazme daño y deja que descanse el dolor, que conozca también el ángulo de tu puño igual de bien que el de tu caricia, que en eso consiste, amor»), que no podía seguir y tenía que irse («Vete, márchate lejos, dobla la esquina como doblas ahora mi cuerpo partido y escóndete el tiempo que haga falta, pero pisa fuerte, tan fuerte que se queden tus huellas marcadas en el suelo y sepas volver, porque en eso consiste, amor, en eso consiste»).

Pero no, no hice preguntas.

No era consciente de lo que había pasado, de qué había hecho mal o en qué me había equivocado con ella. Cuál había sido el error. No hacía falta, conocía demasiado bien a Marta, tanto como para saber que hay partes de las personas a las que no se puede acceder, partes que son imposibles de comprender porque se escriben con códigos distintos. Sabía —o creía saber— que el error no había sido mío: me había portado bien, había acariciado con cuidado las partes puntiagudas de su interior, la había dejado ser ella misma a sabiendas de que algo me decía desde el principio que se acabaría marchando. Todos los pájaros migran, es cierto. Pero uno no puede defender la libertad de las personas e ir a la vez cerrando las puertas que dejan a sus espaldas.

Cuando Marta pronunció esas cuatro balas, «no puedo estar contigo», mi reacción instintiva fue hacerme a un lado. Entendía el amor como algo que se ofrece a alguien, que sale de uno y se da al otro. Un acto voluntario y generoso, el culmen de las buenas acciones, el máximo apogeo de la libertad y la felicidad, el número uno de la lista de los propósitos de Año Nuevo. Tantas canciones no podían equivocarse, no. Tantos poemas, tampoco.

El amor es algo bueno, es la gente la que no sabe utilizarlo, pensaba a menudo. Por eso mi reacción al escuchar a Marta fue aceptar su marcha. La quería y la dejaba elegir.

—Yo... De verdad que no sé qué más decirte... ¿Qué piensas tú? —murmuró, con la mirada fija en el techo de la habitación, sus ojos redondos e inmóviles, los brazos extendidos, paralelos a su cuerpo, los pies rectos y en tensión, moviendo los dedos de manera nerviosa, como si quisiera salir corriendo de allí pero estuviera atrapada en el fango de unas sábanas que no volvería a rozar.

—¿Qué quieres que te diga? —Suspiré, sin saber bien qué decirle. Las preguntas sin respuesta me ponen muy nervioso.

—No sé... Te acabo de decir que no puedo seguir contigo... Y te has quedado callado sin decir nada. —Se volvió hacia mí, pero yo ya estaba lejos de allí—. Quiero saber qué piensas, si estás enfadado, si te parece bien, si prefieres que me vaya de tu casa... Joder, no sé, lo que sea, pero dime algo, por favor.

Mientras Marta hablaba, unos ladrillos pequeños pero gruesos comenzaron a apilarse uno sobre otro entre los dos, como por arte de magia. Salían de mi cuerpo, podía verlos. Terminó la primera hilera y entonces comenzó la segunda. Primero perdí de vista los pies de Marta, después dejé de verle los brazos y el roto de la manga de su camiseta favorita. Se la había quemado con un cigarrillo mientras leía y decía que ese agujero le recordaba que a veces merece la pena perder algunas cosas para ganar otras. Fueron necesarias dos hileras más para tapar el lunar del antebrazo derecho que me regaló la noche en la que nos quisimos tanto que llegué a sentir que no necesitaba nada más. Con la última quedaron ocultas las venas de su cuello, las mismas de las que creí poder colgarme la tarde en la que se dejó el móvil y chillamos juntos como dos descosidos. Sin embargo, mientras observaba cómo los ladrillos se colocaban solos, uno a uno, con una lentitud exasperante y con la certeza de que serían indestructibles, comprobé cómo salían de entre las rendijas y el cemento unos pequeños rayos de luz cuajados de motas de polvo, como el que se da cuenta de que se ha dejado la lámpara encendida en una habitación cerrada. Pronto Marta quedó tapada por completo. El muro terminó por cubrir el río que le crecía en los ojos, todos los sueños que le había plantado en los dedos, el hueso de la cadera contra el que tantas veces me había lanzado de cabeza sin importar el daño, las rodillas que me había prometido que recorrerían mi espalda cuando se perdiera. Ya sólo oía su voz, aunque apenas entendía lo que me decía.

—No te voy a decir nada. Es tu decisión, Marta. No me voy a poner delante. Es más, si te quieres ir, seré yo el que te abra la puerta. Sé que te faltan cosas, que necesitas otras. Sé que lo fácil es irse corriendo cuando la situación se pone seria porque a nadie le gusta dejar de reír. Lo entiendo, ¿vale? Yo también lo he hecho. Y a mí tampoco me gusta, pero también sé que la risa viene de la tristeza y que hay que dar oportunidad a que cambie el gesto de las cosas que no nos gustan. Pero yo no te puedo explicar todo eso, no te voy a convencer, no quiero hacerlo. Esto no funciona así. Me gusta tu libertad, tu forma de caminar por el mundo. Me gusta que te muevan motivaciones distintas al resto: tus pasiones, tus idas de olla, esa fragilidad al caminar que te hace ser la tía más fuerte del mundo. Me gusta hasta cuando corres en dirección contraria, joder. Por eso no me voy a poner delante, Marta. No. No lo voy a hacer. ¿Quieres irte? ¿Sientes que esto ya no es suficiente? ¿Crees que ya no te hace bien? Adelante. Vete. No pasa nada, y te lo digo de verdad, porque, sabiendo que necesitas marcharte, no soportaría que te quedaras.

Marta permaneció callada. Una lágrima redonda y llena de sal le resbaló por la mejilla. Como estaba tumbada, sólo lloraba por un ojo. Por primera vez, evité mirarla. Fue una sensación extraña. Entre los dos sólo había un muro.

—Eso sí, Marta —añadí—. Tienes que saber algo. Yo no me voy a quedar aquí esperando a que te des cuenta de qué es lo que quieres. Eso lo entiendes, ¿no? Tengo fuerzas para quedarme, pero no para esperar. Las esperas consumen y agotan. No puedo luchar por esto si no tengo tu cara delante. No puedo. Necesito tus puños, necesito tu rabia y tus ganas, necesito tu aliento animándome por detrás, como siempre has hecho. —Hice una pausa y traté de tragarme el nudo que se había enredado en mi garganta—. Así que sólo te pido esto: no te vayas si pretendes volver. No lo hagas. Lo más probable es que, si vuelves, yo no esté; y si estoy, seguramente no me reconozcas. Cuando las cosas hacen crac ya nunca vuelven a sonar igual. Tienes que entender eso.

Recordé la carta de mi abuelo en la que le decía a Dora que la esperaría sin prisa hasta que ella quisiera cruzarse de nuevo con él.

—Lo siento, de verdad. Es que pienso que no puedo darte lo que necesitas y me agobia pensarlo. Me haces sentir muy bien, tranquila y confiada, pero creo que esto ya no es igual que al principio. No sé hacia dónde estamos yendo. No estoy preparada para esto, no ahora, al menos; no sé en un futuro...

—No, es que el amor no es que te hagan sentir bien, Marta... No te puedes conformar con eso. Y yo tampoco. Somos una pareja, pero las decisiones son de cada uno. Y si te vas... Las historias de dos no las puede arreglar uno. Nuestra cama se ha roto y yo no puedo arreglarla solo, así que no pretendas tampoco que eso pase. Tómate el tiempo que necesites, de verdad. Haz lo que sientas, pero no me lleves contigo. No me dejes fuera de la puerta esperando porque no me voy a quedar. Si tú te vas, seré yo el que tenga que cuidar de mí.

Rodeé el maldito muro y le acaricié la mejilla con ternura. Ella me estaba dejando y yo la consolaba. Es curioso cómo el amor, a veces, cambia las palabras de lugar. Y es que el amor también consiste en coger al pajarito abandonado con las manos aún tibias y abrir la ventana. Yo no era quién para interponerme, aunque a ese lado del mundo ya sólo quedaran paredes desnudas, una oscuridad nada amigable, vasos rotos, trozos de piel esparcidos por la alfombra, imposibles de recoger. No podía decirle nada. La cama, esa de la que me había hablado tanto Dora, se quedaba rota.

Salí de la habitación y me fui de casa, dejando a Marta enterrada en un lugar que no volvería a ser el mismo. Aún era de día y había gente por la calle. Caminé sin saber adónde, con los puños tensos y la respiración entrecortada. Cada pareja con la que me cruzaba me provocaba rabia y todas las risas provenientes de las terrazas me parecían un insulto. No entendía nada de lo que me rodeaba. No quería hacerlo.

Me senté en una plaza frente al museo. Necesitaba un sitio lleno de gente, de ruido ajeno que me aislara del mío. Un turista se acercó a preguntarme por una dirección y quise mandarlo a mi casa para recoger mis pedazos, y un mendigo se acercó a pedirme un cigarro y, al ver mi gesto torcido, empezó a hacer una disertación sobre la vida y los problemas. Durante un instante, dudé entre darle un abrazo o mandarlo a la mierda, pero al final le di la cajetilla entera, así que se marchó enseguida, dejando el discurso a medias.

Estuve allí hasta que se hizo de noche, absorto en mis pensamientos. La gente empezó a marcharse a sus casas y entonces me pregunté hacia dónde ir. Me levanté, tenía las rodillas congeladas, no me había dado cuenta del frío que hacía. No quería ir a casa, de ninguna manera, y me encaminé hacia el estudio. Allí, nada más abrir la puerta, me di de bruces con las esculturas de Marta que estaban haciendo mis alumnos. Pensé que así sería mi vida a partir de entonces, un tropiezo constante contra recuerdos inevitables. Las observé con detenimiento, eran tan distintas y a la vez tan iguales que daba miedo. Parece que cada uno nos fijamos más en unos detalles que en otros. ¿Cuánto nos estaremos perdiendo de lo que nos rodea?

Subí al altillo que nos había acogido las primeras noches y apagué la lámpara. Era una tortura, pero no tenía adónde ir. Cerré los ojos y, ya casi dormido, deseé con fuerza que todo pasara lo más rápido posible.

Aquélla sería mi última noche en el taller.

La guerra terminó sin darnos cuenta.

Hay veces que pienso que somos nosotros los que no hemos acabado y seguimos anclados en esa época. Hay una línea gruesa que parte este país y a sus gentes en dos, y si no te sitúas en uno de los bandos, ambos te apuntan a la cabeza. Hemos crecido así, cielo, tú también, en un tiempo en el que nos educan para tomar partido por una cosa u otra, para decir en voz alta lo que pensamos, siempre y cuando sea lo que quiere escuchar el que tienes delante. Si no es así, entonces no, entonces cállate, no digas nada, no te atrevas a hablar de eso, pero vendrán los otros a decirte que por qué no dices lo que piensas, que eres un cobarde, que no haces nada por esta sociedad. Es muy complicado mantener el equilibrio en este país. Nos aleccionan. Se olvidan de aquellos a los que nos gusta volar.

Sin embargo, esta tierra me ofreció a tu abuelo, esta misma nube me lo trajo desde Cuba y a ella miro cuando pienso en ir con él. Este viento me devolvió a sus brazos y es esta arena la que cobijó los primeros pasos de mi hijo. Son estas calles las primeras que vieron tus ojos, mi niño, y el olor de este lugar es el que me trae de vuelta mi vida. Así que no me hablen más de banderas, de robos y de prohibi-

ciones, que no manchen mi país con sus miserias. Ya me arrebataron al amor de mi vida, déjenme vivir lo que me queda en paz.

La guerra acabó, pero el odio quedó impregnado en las casas y en las miradas de los vecinos. Ya nadie se fiaba de nadie, y el que antes era amigo ahora te esquivaba. En cierto modo, cariño, una guerra nunca termina, por eso son tan peligrosas. Los libros del colegio la sitúan entre dos fechas, aunque lo cierto es que una guerra civil no tiene fin, no tiene cura, y de eso uno sólo se da cuenta cuando echa la vista atrás.

En fin, el caso es que se había corrido la voz de nuestros ideales republicanos y todos nos miraban con recelo. De nuestros amigos maestros poco se sabía: algunos habían sido fusilados, otros compañeros habían sido apartados de la docencia y otros tantos se vieron forzados al exilio. ¿Sabes lo que es enterarse del asesinato de un amigo y no haber tenido la oportunidad de despedirle? Aquellos que hemos vivido una guerra acumulamos despedidas en el cuerpo que nos llenan de peso el alma. Uno sólo espera que el tiempo pase y no le mire de frente porque la paz jamás regresa, pues es costumbre de las personas dejar más espacio en la mente a los recuerdos malos que a aquello bonito que nos sucede.

Date cuenta de algo, Gaelito: todos recordamos el peor día de nuestra vida, pero muy pocos sabríamos precisar cuál ha sido el mejor. Le damos más importancia a aquello que nos daña que a lo que nos hace felices. En el amor pasa lo mismo. Cuando una relación termina, no queda espacio para ese día en el que reísteis tanto que os dio dolor de mandíbula o aquella vez que montasteis en tren y fuisteis a la playa y dedicasteis toda la tarde a leer juntos en la arena. Cuando una relación termina, nos agarramos al rencor, al odio incluso, a los reproches y a todo aquello que faltaba y a lo que cuando amábamos, curiosamente, no prestábamos atención. ¡La felicidad es tan frágil, mi vida, y la tristeza, sin embargo, tan poderosa! ¿Y sabes por qué? Porque sabemos que las cosas pueden acabarse y eso nos da miedo. Porque la felicidad va y viene, pero la tristeza duerme dentro de nosotros. Y no pasa nada por estar triste, mi amor. Lo que no hay que tener es miedo. Ésa es la única lucha que debe mantener el ser humano.

Pero vuelvo a nuestra demoledora situación de entonces. En cuestión de un suspiro cambiaron los programas educativos, las cruces invadieron las paredes de las aulas y un halo de censura invadió cada lección. Cientos de profesores excelentes desaparecieron, personas que habían dedicado toda su vida a luchar por una enseñanza de calidad, que habían dejado su saber en las cabezas de miles de niños. Fue todo tan triste, Gael. En su lugar colocaron a religiosos y a profesores adeptos, muchos de ellos con escasas capacidades y sin ninguna formación pedagógica, que llevaron la doctrina militar a las clases. Cuántos libros desaparecieron de las bibliotecas públicas entonces, cariño mío, cuántos... De qué manera tan horrenda congelaron la cultura española. Cuánto sufrió tu abuelo por ello, no te haces una idea, de verdad.

Todos los profesores fuimos sometidos a un proceso de depuración que consistió en una investigación profunda sobre nuestros actos, profesionales y morales, a lo largo de nuestra vida. Al descubrir mi historia con tu abuelo siendo él alumno, y teniendo en cuenta mis ideales republicanos, que jamás oculté aunque sí disimulé, me prohibieron ejercer y me retiraron el sueldo y la posibilidad de cobrar un retiro. No pudimos protestar; suena duro, pero tuve suerte de que no me ejecutaran como a muchos de mis compañeros que, valientes como ellos solos, plantaron cara a Franco y murieron asesinados, y fieles a la República.

Para entonces, tu abuelo llevaba algo de dinero a casa gracias a pequeños trabajos que conseguía por el vecindario. Eran tareas diversas: ayudaba en la panadería, arreglaba una tubería atascada, montaba muebles, echaba una mano acarreando bultos... A él se le veía contento de poder ayudar, pues mi sueldo, mientras lo tuve, ya no cubría por sí solo nuestras necesidades. Tu abuelo era un hombre autodidacta y progresista. Jamás insinuó que me quedara en casa; es más, siempre valoró mi capacidad. Parece que aún le oigo diciéndome: «Dorita, mi amor, qué suerte tienen esos niños de escucharte ahora igual que lo hice yo, de aprender por medio de tu voz los ríos que cruzan los países más lejanos, de oír en tus palabras la historia de este país, de leer a través de tus ojos a mis amigos poetas. ¡Qué cultos crecerán! El día de mañana, uno de esos niños salvará este país y se lo agradecerá a la maestra más linda de su pueblo. Sé que será así». Entonces me cogía en brazos y se reía a carcajadas con esa alegría suya que nos quitaba años de encima a los dos.

El día que llegué a casa y le conté con lágrimas en los ojos y una tristeza infinita que me habían depurado y que no podría volver a enseñar en una escuela, tu abuelo se quedó callado durante unos segundos. Entonces desapareció de la habitación, dejándome casi con la palabra en la boca, perpleja. Me pidió que le esperara y al rato volvió con una carpeta vieja aunque bien cuidada. Me resultaba familiar, pero hasta que la abrió no la reconocí: era la carpeta del primer colegio en el que estuve, donde lo conocí. Dentro estaban todos los trabajos corregidos de mis alumnos. Los ojeé por encima, emocionada, y le miré expectante.

—Guardé esta carpeta el día que nos fuimos —confesó—. Sé que nos marchamos obligados por este amor nuestro, pero allí empezaste tu trabajo y creo que es importante que uno pueda volver a sus comienzos cuando lo necesita. Por eso cogí esto, Dorita, porque esta carpeta guarda quien tú eres, quien has sido y quien serás siempre: una maestra fabulosa, y no sólo en las aulas, sino en la vida. Aprendo de ti cada día, mi amor, siempre me enseñas, me haces querer ser mejor persona, querer a los demás, dar-

les lo mejor de mí. Eso es lo que tú haces en la vida y eso es lo que has venido a hacer: enseñar. Y me da igual lo que digan esas cucarachas, tú siempre serás una maestra. No lo olvides nunca.

Así de bondadoso era tu abuelo, Gaelito. Aquél iba a convertirse en uno de los peores momentos de mi vida, y él, con esa ternura que le caracterizaba, consiguió darle la vuelta y transformarlo con un gesto de amor. ¿Recuerdas lo que te dije de lo importante que es tener al lado a alguien que te haga la vida más hermosa y más fácil? No es tan complicado, de verdad que no, sólo hay que dejar el cansancio a un lado y buscar la parte buena de las cosas, por ti y también por quien tienes delante.

No cabe duda de que aquello fue muy duro. Perder, primero, a compañeros de profesión, maestros honrados, fue un golpe inmenso. Lo peor de todo fue asumir que no podíamos hacer nada, ¿sabes? Recibir cada leñazo con una mordaza en la boca, porque el que se quejaba desaparecía. Y lo de mi trabajo fue otra desgracia más, que me costaría tanto aceptar... Sin embargo, nada de aquello podría superar jamás lo que me esperaba al otro lado de la guerra. Un dolor punzante y constante me aguardaba.

DÍA OCHO SIN TI

ME HE IDO A DAR UN PASEO A LA PLAYA, HA LLOVIDO COMO SI LE HUBIERAN ROTO EL CORAZÓN AL CIELO Y HE COMPRENDIDO QUE UNO ES DE DONDE LLORA, PERO SIEMPRE QUERRÁ IR A DONDE RÍE

«Gael, hijo, cógeme el teléfono. Tu madre y yo estamos preocupados, hace tiempo que no sabemos de ti. Leímos tu mensaje la otra semana, pero nos gustaría hablar contigo. Sólo queremos saber si estás bien. Un beso, hijo, tu madre te manda otro. Llámanos pronto.»

Era el tercer aviso que me dejaban en el contestador esa semana. Les había escrito un mensaje unos días antes contándoles que había dejado el trabajo y que las cosas con Marta —de quien les había hablado en alguna ocasión, diciéndoles sin dar muchos detalles que estaba saliendo con una chica del trabajo— se habían acabado.

No tenía ganas de darles explicaciones. Siempre he sido muy independiente y reservado, quizá demasiado. No me gusta hablar en voz alta de mis sentimientos; los conozco yo y eso es suficiente. Igual que cuando uno está enamorado desea gritarlo a los cuatro vientos, cuando le rompen el corazón sólo le apetece mantenerlo en silencio, como si no hubiera ocurrido, y quiere que pase lo antes posible. Así era, y de momento, para bien o para mal, me funcionaba. Por lo tanto, no tenía ninguna intención de desahogarme con mis padres. Nunca lo había hecho y eso no iba a cambiar a estas alturas. Tenía ya casi treinta años, ¿qué pretendían? Sin embargo, con mi abuela habría sido distinto. A mi abuela podía contarle cualquier cosa, por ridícula que fuera, porque ella me entendía.

«Hola, papá, todo va bien. [...] Sí. [...] Estoy muy liado últimamente. [...] La enseñanza no es lo mío, no. No quería seguir dando clases. Además, he vuelto a esculpir y estoy en proceso de hacer otra exposición en breve. Y del abuelo, ¿hay noticias? [...] ¿No? ¿Nada nuevo? [...] Tranquilo, papá. Se solucionará pronto, estoy seguro. [...] Vale, sí, llamadme si hay alguna novedad. [...] Sí, no te preocupes. Os llamaré pronto. [...] Sí. Os avisaré, ¿vale? Un beso a mamá.»

Colgué el teléfono, eché un vistazo a la docena de mensajes sin contestar —la mayoría de Andrés, ninguno de Marta— y dejé el aparato sobre la mesa. Me froté los ojos y miré a mi alrededor. Todo estaba hecho un asco. No era capaz de recordar la última vez que había limpiado. La mesa de la cocina estaba llena de restos de comida a domicilio, de botellas vacías de alcohol y de cajas de pastillas para dormir. El cenicero, a rebosar, desprendía un olor asqueroso. Lo único que alumbraba ese abandono era la escultura de Marta, que me había traído del taller y en la que había decidido seguir trabajando. Me generaba cierta ansiedad dejarla a medias, me recordaba demasiado a nuestra historia, así que había tomado la decisión de dedicarle mi tiempo, que era de todo menos libre, que era de todo menos mío.

Debían de ser las dos de la tarde, aunque yo acababa de despertarme. Había bajado la persiana el día anterior y toda la casa estaba a oscuras. Llevaba unas semanas durmiendo en el sofá porque desde aquel día me negaba a volver a mi habitación, ese lugar donde Marta se había deshecho de todo. ¿Quién coño deja a alguien en una cama? Las camas sólo deben servir para hacer el amor en cualquiera de sus variantes, con uno mismo, con tu pareja... Se supone que en ellas sólo pasan cosas bonitas: se llevan desayunos sorpresa, se empiezan libros, se conoce a alguien de verdad por primera vez, se aprenden bailes, se cuentan secretos, se confían sueños... Se conciben hijos, joder, no rupturas. Esa cama nos había visto enamorarnos y ahora no encontraba descanso en ella.

Sin embargo, estaba claro que Marta no pensaba igual. Para colmo, me había dicho que me quería. «Te quiero, pero te dejo.» ¿En serio? Es como poner delante del hocico de un perro un bistec para, acto seguido, darle un tirón de la correa y llevártelo de allí, eso sí, sin que pierda de vista la carne. Las cosas no se hacen así, Marta. No. Me daban ganas de coger el teléfono, llamarla y decirle: «¡No puedes ir por ahí enamorando a la gente para marcharte cuando lo consigues! No puedes meterte en mi cabeza, escribirme la historia de los dos y borrarla antes de llegar al final. No puedes hacerme querer ser alguien mejor para abandonarme después. Me has puesto delante de tu miedo para no afrontarlo. Me estás dejando hacerme todo este daño... Mírame, mi casa es una tumba, yo me he convertido en un fantasma, soy como esas personas que se mueren pero siguen vivas, esas a quienes nadie lleva flores porque apestan a tristeza. Nadie quiere a alguien triste a su lado. ¿Qué has hecho con nosotros, Marta? ¿Quién va a cuidar ahora de nuestros hijos?».

Pero no. No la llamé porque en el fondo la entendía. La conocía tanto que comprendía sus miedos mejor que ella. Y era tan fácil la solución, tan fácil. Pero no era yo quien debía dársela.

No obstante, mi cabreo no era con ella directamente. Lo que me molestaba de verdad era cómo se había ido. Esa falta de lucha y de compromiso. Yo no había vivido una historia de amor en condiciones hasta entonces, pero conocía la de mi abuela. Y me fastidiaba esa facilidad para la huida. Estamos diseñados para huir cuando creemos que las cosas se ponen difíciles. ¿Cuándo perdimos de vista que lo que costaba pero nos hacía felices era aquello por lo que merecía la pena luchar? ¿Dónde estaban nuestras ganas? Tenemos diecinueve, veinticuatro, treinta y cinco años y parece que estamos a un paso de la tumba. ¿De dónde viene este cansancio? ¿Este agotamiento vital? ¿Esta falta de sorpresa ante lo que descansa en nuestras manos? ¿Por qué seguimos dormidos y dejamos que las cosas sucedan delante de nosotros sin darnos cuenta, sin hacer nada para que cambien? ¿Quién nos ha quitado la ilusión? ¿Por qué nos conformamos con lo que viene en vez de salir a buscar aquello que nos mueve de verdad? ¿De dónde procede tanto miedo? ¿En qué momento hemos dejado de ser jóvenes?

Aquello me hizo replantearme algunas cosas. Tenía la sensación de que Marta había llegado a mí perdida y que en el proceso de encontrarse a sí misma se había marchado. Empecé a pensar que el problema era mío. Quizá mi forma de querer no fuera la correcta. ¿Por qué, si no, se había ido así? Habíamos hablado de muchas cosas, algunas que jamás habíamos dicho en voz alta, habíamos confiado el uno en el otro. Nos habíamos conocido. Y todo para convertirnos, a la fuerza, en dos desconocidos. ¿Era entonces culpa mía? A ratos esos pensamientos me martilleaban la cabeza haciéndole el compás a la resaca con la misma pregunta: ¿se había ido o la había dejado marcharse?

Cuando mi reflexión llegaba a ese punto, el resto de las palabras se deshacían en mi cabeza. Todo perdía el sentido. Y entonces sólo me acordaba de sus manos acariciando las mías después de esculpir su figura. Me decía, mirándolas fijamente:

—Aquí estoy, Gael, me veo, soy capaz de ver en tus manos lo que no veo en el espejo, ¿cómo lo haces?

Y yo le contestaba que la guardaba cada día cuando se quedaba dormida, la memorizaba cuando ella se olvidaba de sí misma, cuando se despojaba de escudos y no se valía de maniobras de distracción para no dejarse ver.

Recordé entonces el día en que la sorprendí contemplando la escultura. Era pronto, por la mañana. Había salido a comprar y, cuando volví, la encontré de espaldas, frente a ella. Ya se vislumbraba el rostro de Marta, su contorno y el arco perfilado y exacto de sus piernas. Había empezado a darle la forma definitiva al rostro, y la figura estaba prácticamente terminada. La verdad es que verlas juntas me producía cierta inquietud. Era como ver a la vez el pasado demasiado lejano de alguien y un futuro inalcanzable, mirándose el uno al otro sin perder el pulso. Me dio un escalofrío.

—¿Marta?

—Ah, ya has vuelto. Estaba mirándome... Bueno, mirando la escultura. Es increíble. ¡Es mi cara!

—Sí, es que eres muy buena posando. Se te da bien poner cara de estatua. —Me reí.

—Qué tonto eres. —Sonrió con timidez. Pensé que tenía que conseguir ese gesto—. En verdad, lo único que hago es poner la mente en blanco, y eso se consigue pensando en muchas cosas a la vez —dijo, inspeccionando con los ojos aquel cuerpo de barro que le devolvía la mirada—. ¿Por qué la escultura, Gael? —me preguntó de repente, volviéndose hacia mí.

—¿A qué te refieres? —le respondí, dejando las bolsas en la mesa y acercándome.

—¿Por qué escogiste la escultura para expresar lo que llevas dentro?

—El latido —contesté.

—¿Cómo?

—Mi abuela me decía que debía encontrar el latido en aquello a lo que dedicara mi tiempo para así no sentir que estaba desaprovechando mi vida, y yo lo encontré en esto. Todos llevamos dentro un mundo propio, pero pocos descubrimos cómo sacarlo fuera. Yo tuve suerte y en la carrera me di cuenta de que la escultura era la llave. Los momentos, las cosas que nos suceden, todo pasa, ¿sabes?, todo eso se acaba y no vuelve. Nada de lo que ocurre se repite. Tampoco las personas que conocemos se mantienen iguales, ni siquiera nosotros mismos. Y eso es bueno, ¿no? Que cambiemos, quiero decir.

—Supongo que sí, pero a veces nos pasan cosas buenas y no queremos que se acaben ni que cambien —me rebatió.

—Sí. Lo sé. Por eso esculpo, porque me gusta dar vida a detalles de la expresión de una persona, recuperarlos, atraparlos todos en un único gesto y pausar ese movimiento en el tiempo para poder volver a ese instante cuando lo necesite.

Me incliné sobre ella y empecé a quitarle la ropa mientras le acariciaba el cuerpo con las yemas de los dedos.

—Estos gestos tuyos, la expresión que ahora tienes, el perfil inclinado de tu barbilla que apunta directamente a tu hombro, la curvatura de tu cadera, Marta, todo esto se va a quedar aquí, en esta casa, en esa escultura, para siempre —le susurré al oído, notando cómo se le ponía la carne de gallina.

Marta sintió mi excitación y, con brusquedad, me empujó hacia la habitación. Me tiró a la cama y, sin darme tiempo a reaccionar, se puso a horcajadas sobre mí. Me quitó los pantalones y, arañándome la espalda, se deshizo de mi camiseta. Le di la vuelta sobre la cama, preso del delirio, y, sujetándole las muñecas con una mano, le hinqué los dientes en el cuello. Gimió y me tumbé sobre ella, apretando los músculos contra su cuerpo sin darle opción a que se moviera. Seguí con la boca hundida en su cuello para morderle después el hombro, con fuerza, sólo por el placer de ver cómo se retorcía bajo mi impulso. Ella se dejaba hacer, totalmente rendida al dolor. Eso me excitaba. Le solté un brazo y le ordené que clavara las uñas en mi espalda hasta hacerme sangrar. Con ella siempre quería ir más allá. Mantuvimos ese ritmo durante unos segundos hasta que consiguió abrir las piernas para dejarme entrar. Estábamos empapados en sudor. El dolor nos cegaba, pero el placer se abría paso y cobraba fuerza. Entonces, justo antes de que la penetrara, se zafó de mis manos y, agarrándome del pelo, me hizo levantar la cabeza para que la mirara.

—¿Me ves bien ahora, Gael? Mírame bien, porque ahora mismo soy libre y soy tuya. Quédate con este momento para cuando tengas que volver a él.

Se apretó contra mí, rabiosa, apremiándome con las piernas, y entré en ella con el deseo de quedarme en ese instante toda mi vida.

Normalmente me despertaba a la hora de comer, rescataba algunas sobras del día anterior, veía algún capítulo de la serie más absurda de la televisión y volvía a dormirme. Por la noche, después de acabarme las latas de cerveza que quedaban en el frigorífico, salía a la calle y me subía a la línea circular del metro. No iba a ningún sitio en particular; sólo me montaba en el vagón y dejaba que diera la vuelta hasta llegar de nuevo a la parada de mi casa. Todo en mi vida, en aquel entonces, daba vueltas en círculos.

Los vagones del metro están llenos de gente solitaria y apagada, sobre todo por la noche. Pocas veces veía sonreír o dedicar un guiño cariñoso a alguien. Por eso me gustaba viajar en metro, porque allí pasaba desapercibido. No quería que nadie notara mi soledad y al mismo tiempo me consolaba sentir de nuevo esas ganas de llegar a casa, aunque ya no hubiera nadie esperándome.

Ese día decidí caminar sin rumbo fijo por la ciudad. Era noche cerrada y el aire frío era cortante mientras avanzaba envuelto en un halo de neblina. Me gustaba sentir el choque del viento gélido contra mi abrigo, que protegía el calor corporal que resistía a duras penas. A pesar de mi estado vital, me sentía un superviviente. Me debatía en una guerra profunda contra mi propio dolor, pero seguía enamorado de Marta. De algún modo, que siguiera existiendo un hueco para el amor me daba ciertas esperanzas, y no por ella sino por mí. Es decir, no me consolaba el hecho de seguir queriéndola, sino la certeza de que, aun siendo una versión pésima de mí mismo y estar sumido en la peor de las soledades —la que no se elige—, mi capacidad de querer con el alma y las manos, ese rayito de sol que es el amor, resistía como una bellaca. No sería ni ese día ni el siguiente, seguramente tardaría en encontrar mi faro de nuevo, pero ese hueco seguiría ileso toda la vida.

«Hay que amar hasta en la guerra», decían mis abuelos. «Hay que amar sobre todo en la guerra», pienso yo ahora.

Caminé sin saber adónde iba, como el que descubre que cualquier lugar es mejor que su propia casa.

De repente me sorprendí entrando en un bar, aturdido por el frío, buscando el calor de la barra. Pero no era cualquier bar. Era *el bar*. Aquel bar en el que compartí con Marta un beso con sabor a whisky. Mis pasos inconscientes me habían llevado hasta allí. Y cuando me di cuenta ya era tarde. Maldito momento, maldito azar que te pone la zancadilla justo cuando estás a punto de saltar al precipicio para hacer la caída, si cabe, más vergonzosa.

No me dio tiempo a reaccionar, a evitar el golpe, ni tan siquiera a cubrirme con las manos. Lo primero que reconocí fue la máquina tragaperras en la que no hacía tanto un hombre apostaba todo su salario y lo perdía. El siguiente puñetazo me llegó desde la pista de baile, donde una pareja de cuarenta y tantos años, que probablemente se acababa de conocer, se devoraba a ritmo de la versión de esa canción con la que nos habíamos acostado tantas veces desde aquella noche en la que sonó por primera vez para nosotros. El amor rejuvenece a la gente, ¿verdad? El desamor, en cambio, llena de años y peso la vida. La hostia mortal me dio de lleno, como suele ocurrir, por la espalda. Me volví y ahí estaba.

El cabello recogido en una coleta a medio hacer, con algunos mechones tumbados sobre sus hombros desnudos, como el agua de una cascada que cae sobre un río lleno de cocodrilos... Porque ella no era más que eso: un paraíso repleto de oasis y peligro. El cruce de sus piernas marcaba una X en mi camino. Cuando estábamos juntos le decía que parecían señalar el escondite del tesoro; sin embargo, después me di cuenta de que me advertían de un lugar a evitar. Su mano izquierda sujetaba un vaso corto de whisky y la derecha descansaba sobre la mejilla de un tipo con barba que no tardé en reconocer: el camarero que nos había servido aquella noche. Justo en ese preciso instante, incapaz de moverme, igual que cuando ves venir un coche hacia ti y el miedo te paraliza el cuerpo, el de la barba se acercó a ella y le dio un beso en la boca. Su boca. Esa que yo ya conocía de memoria junto con sus pliegues, con las heridas que se hacía en los labios al morderlos cuando se ponía nerviosa o tenía prisa, con el colmillo afilado que le salía cuando se reía de verdad, cuando era feliz y generosa y quería que el resto lo supiera, con el surco de la barbilla y con el tobogán que caía desde su nariz y que tanto me gustaba repasar con el dedo cuando le decía que mi mano se iba al parque de atracciones, con el tacto frío de su lengua llena de semillas, con los dientes que adoraba besarle cuando me acercaba a ella y le decía que la quería y entonces ella sonreía y era incapaz de devolverme el beso con los labios, así que yo le besaba los dientes, uno a uno, poco a poco. Sí, aquellos besos eran los mejores, sin duda.

Pero ahora otro besaba esa misma boca, otro con otras manos, con otros ojos y con otra voz, otro besaba esa misma boca que hasta hacía no tanto besaba la mía, y entonces algo hizo crac.

Y la música se apagó.

Los pocos pero verdaderos amigos que teníamos antes de la guerra fueron desapareciendo. El horror fue tal que pronto dejó de sorprendernos.

Al principio de la guerra, cuando nos dijeron que habían metido en la cárcel a Eladio, el director de mi escuela, sentimos una rabia inhumana. ¿Sabes de qué le acusaron? De tocar el piano en un baile público del pueblo. Algún vecino lo delató a los nacionales y Eladio fue detenido por «prácticas inmorales». Jamás volvimos a verlo. Se llevaron a uno de los mejores maestros y directores que he conocido y ni siquiera su familia supo qué había sido de él.

Un tiempo después asesinaron a Casilda, una de mis mejores amigas y maestra de matemáticas del colegio, que vivía un par de casas más allá. Se habían llevado a su marido hacía unos meses y no sabía nada de él. Casilda se había quedado a cargo de tres hijos, por lo que decidió abrir la escuela, pues ya era septiembre y empezaba el curso. La detuvieron y la asesinaron vilmente ese mismo día, contra el muro de la parte de atrás del colegio. Cada mañana veíamos la sangre seca que ahora teñía de rojo la piedra gris contra la que muchos niños lanzaban la pelota al salir de clase. Según cuentan, uno de los militares, antes de dispararle por la espalda, le gritó que su muerte acabaría con «el diablo que llevaban dentro los maestros». Sus hijos acabaron en un orfanato. Ella era cándida y amable; una persona extraordinaria. Aquello fue una tortura para todos los compañeros que sobrevivimos.

A otros, como Juan, Pablo y Valentina, los destituyeron y los mandaron a otros pueblos de una manera forzosa, obligándolos a dejar atrás toda una vida. Hubo casos vergonzosos, como aquellos que sucedieron durante la depuración, cuando nos obligaron a todos a contar ante un tribunal nuestra relación con la República y con el Alzamiento y a delatar a nuestros compañeros. Muy a menudo, las acusaciones eran falsas, como aquella anónima contra Blas que le llevó a prisión por haber roto, supuestamente, un crucifijo en el aula. Nunca lo hizo y jamás se demostró. Alguien contó poco después que, en su lugar, ahora daba clase la hija del alcalde, una señorita católica de familia decente.

Blasfemamos contra todos ellos, cariño, aún me tiemblan las manos cuando lo pienso. Claro que luchamos. Claro que quisimos hacerlo. Salimos a la calle a protestar y a gritarles; incluso, los primeros días, algunos se atrevieron a plantar cara a los soldados. Pero toda aquella violencia, esa crueldad, la injusticia, la muerte, en definitiva, nos arrebataron las fuerzas. Ver cómo tu propio vecino, ese que hasta entonces te acercaba el periódico a casa, ahora te escupía mientras alzaba la mano era incomprensible. Ver cómo tus amigos son asesinados a sangre fría por el simple hecho de tener unas ideas distintas a las que tienen los que mandan es desolador. Y poco a poco el miedo se convirtió en una constante en nuestros días y ya nadie decía lo que pensaba fuera de las paredes de su casa.

Es terrible vivir con miedo, mi vida. ¿Y sabes qué es lo más triste de todo? Acostumbrarse. Acostumbrarse a vivir con ese temor y ese dolor que cuando son constantes se meten tan dentro que comienzan a formar parte de ti. Y es terrible, porque lo hacemos de un modo inevitable, como si no existiera otra opción, ¿entiendes?

Cuando el miedo es tan inmenso, se transforma en una masa negra y nos envuelve. Cuando es así, no hay ningún ser humano capaz de deshacerse de él por sí solo. Si uno está de suerte, tendrá también a alguien cerca que le enseñe a librarse de él. Porque en el fondo no es tan difícil, ¿sabes? Sólo hay que ponerle nombre y mirarlo a la cara. Uno sólo puede deshacerse del miedo si lo siente, porque al hacerlo se dará cuenta de que no existe nada tan grande que pueda derribar lo que somos y lo que tenemos dentro.

Sin embargo, nosotros no tuvimos a nadie cerca que pudiera decirnos estas cosas porque nadie lo había vivido. No sabíamos qué hacer ni cómo soportar todo aquello. Algunos murieron, sí, y a otros nos quitaron las herramientas para sobrevivir.

Cuando uno deja que el miedo le atraviese el corazón, entonces, ay, entonces está perdido. Y eso fue lo que pasó durante la guerra. De pronto te asusta lo que dices, lo que no dices, lo que oyes al de al lado, lo que ves y lo que te espera cuando cierras los ojos. Encuentras el miedo en cada gesto, en los ojos de la gente, en la mirada de los chiquillos que ya no salen a jugar, en las calles vacías de conversaciones, en la puerta que se cierra a medianoche con el deseo de que nadie la abra en mitad de la madrugada para llevarse a un ser querido.

El pueblo estaba lleno de fantasmas: madres esperando con los ojos vacíos a unos hijos que nunca llegarían; padres clamando justicia sobre la cama impoluta de niños que habían dejado de ser pequeños demasiado pronto; esposas con los besos mojados en heridas de muerte; maridos abandonados en la soledad de un mundo con más ruido del que podían soportar, y muchachos huérfanos del país, que crecieron entre disparos de los que nunca conseguirían desprenderse. Fantasmas, cariño, todos ellos. Muertos vivientes. Espíritus dañados que no volverían a ser nunca los mismos. Siento escalofríos cuando dan las cifras de víctimas de la guerra civil que mató a este país. Deberían añadir a todos los que sobrevivimos.

Pero tu abuelo, ya lo sabes tú, era distinto. No tenía nada que ver con nadie y tampoco reaccionaba igual, por suerte para mí. Y no se dejó avasallar por el temor, se adaptó a la situación y siguió igual que siempre, aunque ya no pudiera decir ciertas cosas en voz alta.

Una tarde, pocos meses antes de que terminara la guerra, me eché a llorar desconsoladamente en nuestra casa. Aunque intentaba ser fuerte, todo me superó en aquel momento y me derrumbé en los brazos de tu abuelo. Acababa de enterarme del asesinato de una alumna. Apenas rozaba los dieciocho años entonces, y era brillante. Todavía recuerdo el derroche de imaginación que tenía cuando le daba clase antes de que todo estallara. Acostumbraba a dejarle cuatro o cinco libros al salir del colegio y apenas tardaba un par de días en devolvérmelos y pedirme más, entusiasmada.

Según me contó la madre de otro alumno, dos militares la habían esperado a la salida de clase y la habían humillado en público porque su padre, ya desaparecido, había pertenecido al Partido Radical. La obligaron a quitarse la ropa y le cortaron el pelo al cero delante de todos mientras gritaban que aquello era lo que les esperaba a todos los «descarriados de Dios y de la patria». Los insultos acabaron de hundirla. La muchacha, rota por el dolor y por el llanto, les suplicaba piedad mientras los testigos gritaban, pero nadie se acercó a socorrerla. Entonces, maldita sea, apareció el novio de la muchacha y, horrorizado, entre lágrimas, se lanzó contra los militares sin más arma que sus puños de adolescente y una rabia que no comprendía nada de lo que estaba su-

cediendo. Éstos no tardaron en desenfundar las pistolas y cargar sobre el muchacho, no sin antes acabar también con la niña. Fue una brutalidad sin sentido, una aberración.

Después de enterarme de aquello, me fui corriendo a casa y vomité en el baño, ahogada por las lágrimas. Tu abuelo no tardó ni un segundo en aparecer, asustado. Me levantó, me limpió y me apretó entre sus brazos. Yo sólo podía pensar, horrorizada tras aquella historia, que en cualquier momento también podrían llevarse a Gael, a mi cubano lindo, como le llamaba; podrían arrancarlo de mi lado, y entonces ¿quién me acompañaría al prado al amanecer, quién me ahuecaría la almohada antes de dormir, quién me explicaría acontecimientos de la historia a través de las vidas de sus personajes («Porque es la única manera de entenderla, Dorita»), quién me haría el camino de este infierno más amable...? ¿En qué lugar del mundo viviría yo si él me faltara? Nosotros también habíamos sido dos adolescentes enamorados y, de alguna forma, perseguidos. Pensaba en qué habría sido de nosotros si nos hubiéramos conocido unos años más tarde, en medio de esa represión tan absoluta. Qué habría pasado si hubiera sido yo esa muchacha inocente. Qué habría pasado si hubiera sido Gael aquel chico valiente que saltó a defender a su novia.

En ese momento, tu abuelo me recolocó el cabello detrás de las orejas y me dijo, acariciándome las mejillas y mirándome con esos ojos suyos que abar-

caban selvas y desiertos: «No pasará, mi amor, Dorita de mi alma, no pasará, nunca nadie me va a llevar lejos de ti, ¿me oyes? Tienes que oírme, escúchame lo que te digo, nadie nos separará, aunque nuestros cuerpos no se rocen, aunque me arranquen los ojos y deje de verte, aunque me rocíen la piel con sangre y ya no distinga tu voz, aunque me corten las piernas y tengas que huir y ya no pueda alcanzarte, aunque este mundo tan hermoso y doloroso deje de contenerme y me separe de este abrazo tuyo, aunque me lleven, mi amor, aunque me arranquen de tu piel, jamás me alejarán de ti. No, mi amor, no podrán, porque yo ya vivo en ti, en todos tus rincones, y estaré en ellos el tiempo que tú quieras, el tiempo que tú decidas, ¿lo entiendes? Yo estoy aquí dentro, aquí, donde nadie llega, donde sólo hay amor, porque no existe nada más grande que el amor, Dorita mía, no existe nada más grande que el amor y nada puede contra él porque él puede contra todo. Un día te miré y encontré mi libertad en ti, y tú me miraste y encontraste tu libertad en mí. Y, escúchame bien, esto nadie lo va a cambiar nunca. Nadie. Ahora llevas a nuestro hijo dentro de ti, nuestro arbolito, acuérdate. Él nos dará sombra, mi vida. Él nos unirá siempre».

Así era. Un hombre con el corazón por bandera, cuya única lucha fue la de amar hasta cuando no había amor. Y así, entre sus brazos, otro de los peores días de mi vida volvía a convertirse, gracias a él, en un recuerdo de los que salvan.

DÍA NUEVE SIN TI

NO TE OLVIDO, PERO HOY HE VUELTO A REÍR DE NUEVO Y HE SENTIDO UN ANHELO RECONFORTANTE AL ABRIR LA VENTANA, COMO SI EL AIRE BARRIERA LOS FANTASMAS DE MI SUELO

La primavera había llegado a mi calle y un olor profundo a cerezos inundaba el salón. Vivía en un tercero y las copas de los árboles alcanzaban la terraza, dejando un reguero de pétalos rosas en el suelo. La estampa era hermosa, parecía uno de mis cuadros favoritos de Matisse.

Durante el verano nadie se fija en los árboles. Es cierto, no se les presta atención. Acomodamos nuestro cuerpo al calor, lo despojamos del abrigo y lo lanzamos valientes al ardiente asfalto de las capitales o a la sombra amable de los pueblos. En otoño, las ramas secas se mantienen frágiles pero inamovibles en los árboles desnudos. Resisten y parece que no les cuesta demasiado, excepto alguna que no sobrevive al viento y amanece en el suelo, hecha pedazos. El invierno termina de desnudar los troncos por completo. En esta época, los días anochecen demasiado pronto y la luz no es parte del paisaje. Sin embargo, el cielo despejado y frío parece pedir paciencia. Al principio resulta complicado acostumbrarse a la noche; en cambio, una vez que uno la vive, desea que el amanecer llegue lo más tarde posible. Entonces aparece la primavera. La primavera es la reina de las estaciones, sin duda. No hay poeta que se precie que no ambiente un amor entre el frescor risueño de las flores. Resulta irresistible. Parece que uno es feliz porque sí, porque las calles tienen un olor agradable, porque el cielo regala unos trazos que poco o nada tienen que ver con los miedos o la desesperanza, porque los vecinos sonríen o porque los ancianos vuelven a salir a las calles a pasear hacia su infancia. La tranquilidad inunda por instantes las vidas de unos y otros, y el año se convierte en algo más sencillo.

Supongo que eso es lo que se siente después de que algo nazca para después quebrarse y desaparecer. Después de eso, todo brota y resurge de nuevo, como la primavera.

Aquella primavera me trajo algo de aire. Una brisa nueva. Habían pasado unos meses desde la ruptura y el cuerpo me pedía un cambio.

Pensé que no tenía por qué ser tan complicado. La vida me había exigido un duelo intenso y yo se lo había concedido, me había refugiado en la oscuridad más absoluta y había renunciado a todo lo demás. Cuando la persona que amas te abandona, no quieres estar con nadie. Sin embargo, aquella tristeza empezaba a pesar. Sentía que cada día cobraba fuerza y se hacía más y más poderosa. Pronto dejaría de ser capaz de controlarla y podría conmigo, y entonces cualquier intento de recuperarme sería en vano.

Decidí llamar a Andrés. Le dejé un mensaje en el contestador disculpándome por mi ausencia y la falta de noticias. Le conté, simplemente, que Marta me había dejado y que había necesitado estar solo todo ese tiempo, pero que tenía muchas ganas de verlo.

Unos días más tarde, tuve una pesadilla. Me había dormido escuchando el buzón de voz del teléfono, al que seguía sin prestar demasiada atención. Entre los mensajes, escuché la respuesta de mi amigo, que me pilló totalmente por sorpresa, y otro de mi madre que, intentando, sin acierto, disimular su preocupación, me preguntaba cuándo nos veríamos. En la pesadilla, me miraba al espejo y me quedaba quieto, con la mirada fija en las marcas que había debajo de mis ojos enrojecidos. Las ojeras se desparramaban por mi rostro y de pronto, en medio de una alucinación, las veía caer hasta la barbilla. Mi cara se deshacía y yo no podía hacer nada. Intentaba tocarla, pero era en vano: no había contacto. Prestaba atención entonces a mis dedos para comprobar cómo, igualmente, se derretían ante mis ojos. Atónito, me di cuenta de lo que ocurría: estaba desapareciendo. Entonces empezaba a chillar, pero no como aquel primer día con Marta, sino con una desesperación absoluta. Intentaba escucharme a mí mismo. Intentaba que, aunque desapareciera mi cuerpo, no se perdiera mi voz.

Me asusté muchísimo. Me levanté del sofá sudando y fui corriendo hacia el espejo del cuarto de baño con el corazón a punto de salírseme del pecho. Cuando comprobé que todo seguía ahí —las ojeras, la irritación de las pupilas, mis manos agrietadas por el barro—, me quedé mirando la imagen que me devolvía el espejo. Era la de un hombre cansado, tristemente cansado, con cien años más encima de los que le correspondían. Marta solía decirme que yo era un *hombre continente*, de esos que tienen tanto que dar que no pueden recibir nada porque no les cabe. Sin embargo, ese individuo que me miraba avergonzado y no conseguía mantener sus ojos en los míos más de tres segundos poco o nada tenía que ver con aquel tipo valiente y dispuesto que se había enamorado de una mujer a la que no podía cobijar. No podía, y eso le había convertido en alguien minúsculo, quebrado, rendido. Volví a mirarlo una vez más y, en silencio, fui consciente por primera vez en mucho tiempo de la verdad más dolorosa: el hombre del espejo y yo éramos la misma persona.

Entonces intuí en sus ojos una señal mínima, apenas visible. Desde el fondo negro de sus pupilas —que eran las mías— parecía alzarse una mano. Escudriñé sus ojos en el espejo, me acerqué a él y lo vi con detalle: una mano grande, poderosa, se abría paso entre la oscuridad y salía a la superficie, con esfuerzo, escalando el muro indomable de una mirada perdida. La mano se quedó tendida ante mí, con los dedos largos y gruesos extendidos hacia mis ojos, suplicando un cambio en mi mirada, rogando ayuda.

Me desperté. Debía de haberme levantado en sueños porque al abrir los ojos me descubrí en mi cama, esa que llevaba meses sin tocar. Instintivamente, miré hacia mi izquierda —el lado de Marta— y rocé con ternura la sábana intacta. Me quedé pensando en la pesadilla tan horrible y llena de significado que acababa de tener y entonces lo decidí. Me levanté, me dirigí hacia el mismo espejo del baño con el que acababa de soñar y, mirándome, me toqué la cara hinchada por el cansancio con las dos manos y dije en voz alta: «Ya está bien. Ya está, Gael. Se acabó. Deja de hacerte daño a ti mismo. No te lo mereces. Se acabó».

Recogí y limpié la casa, me afeité y me metí en la ducha, dejando que el agua caliente se llevara toda la suciedad de mi cuerpo. Abrí todas las ventanas, todas. Aún hacía frío, pero no me importó. Subí las persianas del todo y eché las cortinas a un lado. Dejé que entrara la luz por el balcón y me quedé mirando fijamente el sol. Tampoco me importó que me cegara la claridad del día y que todos los vecinos de enfrente me pudieran ver sin camiseta, ya que seguía con la toalla anudada a la cintura. Me daba igual. Me quedé un rato ahí, en el balcón, dejando que el olor de los cerezos invadiera el salón y mi alma. Inspiré tan fuerte que tardé unos segundos en expulsar el aire y, por primera vez en muchos meses, volví a sentirme vivo. Toda mi casa se iluminó, excepto la esquina donde descansaba la escultura de Marta, que seguía en la penumbra detrás de una puerta entornada.

¿Sabes qué, cariño? El miedo no es más que un estado de ánimo. Tú eres joven todavía, y es ahora cuando aprenderás todas estas cosas sin saberlo. Lo harás como debe hacerse: sin darte cuenta. Viviendo. La experiencia es lo que nos diferencia a unos de otros. Es lo que nos hace ir por un camino distinto al resto. Es lo que nos separa y nos une.

Tú estás ahora en esa etapa de la vida en la que, a pesar de ser joven, ya no te sientes así. Cuando pase el tiempo y llegues a mi edad hecho todo un hombre —un hombre bueno, porque tú eres bueno, yo lo sé—, sucederá lo contrario. Volverás, seguro, a sentirte joven, aunque ya no lo seas, y será entonces cuando recuerdes todo lo que aprendiste en tu juventud. Lo pondrás en pie y te darás cuenta de aquello en lo que fallaste, así como de lo que hiciste para conseguir enmendarlo. Cielo mío, todos cometemos errores, todos, ¿vale? Pero es que los errores existen por algo, están ahí puestos por un motivo, ellos mismos nos buscan para que los cometamos porque es la única forma de aprender.

Cuando yo era maestra, no castigaba a los niños que se equivocaban. ¿Sabes lo que hacía? Les preguntaba: «¿Por qué?», y hasta que no pensaban para dar con la solución y me respondían bien —porque siempre hay una solución, cariño—, no los dejaba marcharse. Todas las respuestas correctas están dentro de nosotros, lo que pasa es que a veces nos cuesta dar con ellas a la primera.

¿Quieres que te diga qué se necesita para todo esto? Sólo una cosa. Algo que no debes olvidar nunca: la vida. No puedes olvidarte nunca de vivir, ¿entiendes? Aunque no tengas ganas, aunque todo se oscurezca y pienses que hay más motivos para cerrar los ojos que para tenerlos abiertos, no te olvides nunca de vivir. Escúchame ahora y recuerda, cuando te suceda, esos fantasmas en vida de los que tanto te hablaba tu abuela. Recuérdalos, porque he visto muchos, mi amor, yo misma he sido uno de ellos, y créeme que es algo que no querrás conocer. Tú no te mereces ser un fantasma en vida, nadie se lo merece, cielo. Tienes los ojos puros y limpios, los mismos ojos que

tenía tu abuelo. Parece que, de algún modo, ha vuelto para colocarlos en tu rostro y me ha dejado a mí aquí para que te pida que les enseñes lo hermoso del mundo, incluso cuando creas que no hay nada hermoso que mostrar. La vida misma lo es, es lo más preciado que tenemos. No la desperdicies vistiéndola de algo que no es, no reniegues de ella nunca, no pelees contra sus decisiones, ¿entendido? Recuerda las palabras que te dice tu abuela. No las olvides.

En mi vida he conocido a mucha gente valiente; sin embargo, jamás he conocido a alguien que no tuviera miedo.

Hay gente que se siente atraída por el miedo igual que un funambulista por el vacío. Hay otros, en cambio, que duermen con la lámpara encendida para que nada les sorprenda en mitad de la noche.

¿Sabes qué más me enseñó tu abuelo, Gael? Me enseñó a tener miedo. Sí, no me he equivocado: me enseñó a tener miedo. Me enseñó a recibirlo, a saber cómo llevarlo, a hablar con él, a tolerarlo, a manejarlo e, incluso, a confiar en él, porque el miedo nos enseña cosas de nosotros mismos, cosas que desconocemos o que no queremos ver. El miedo aparece para decir: «Eh, mírame, estoy aquí, en este rincón de tu mente, agazapado; estaba dormido y algo me ha despertado. Eh, ven aquí, dame la mano, sácame de aquí, déjame que respire, que aquí hace de-

masiado frío. Eh, tú, sí, tú, mírame, ven, tengo algo que decirte, ven, escúchame y deshazte después de este ruido que no me deja dormir».

Si en ese momento uno opta por hacer oídos sordos, el miedo chillará cada vez más y más fuerte, saldrá de tu mente y trepará por todo tu cuerpo. Acabará paralizándote y no habrá servido de nada haberlo ignorado.

¿Te acuerdas, Gael, del día aquel que, de pequeño, te caíste en un hormiguero y docenas de hormiguitas se colaron por tu ropa y escalaron tu cuerpo diminuto? ¿Lo recuerdas? Habíamos ido a merendar al campo y, después de comer, te fuiste tú solo, tan pequeño, a hacer pis detrás de un matorral. Al subirte el pantalón y abrochártelo, perdiste el equilibrio y te caíste sobre unas hierbas que ocultaban un hormiguero enorme. Desde luego, cuánto gritabas, pequeño, qué asustado estabas. Recuerdo que tu padre también se asustó y corrió a limpiarte, pero las hormigas no se iban, estaban pegadas a tu cuerpo, no querían irse de allí. Se puso muy nervioso. También recuerdo que tú no parabas de llorar. Entonces le dije que te dejara, que las hormigas no te harían ningún daño y se irían. Le pedí que te dejara encargarte de tu propio miedo. Le pedí que venciera el suyo. Apenas tenías seis o siete años, pero en tus ojos ya crecía un hombre capaz de todo. Yo lo sabía porque ya había visto esa misma mirada en los ojos del hombre al que amaba. Tu padre me hizo caso. Se apartó y, convencido, te dijo que no pasaba

nada, que los animales no eran malos, que las hormigas no te morderían. Te pidió que te levantaras, que respirases tranquilo y que le ayudaras a quitarte una a una las hormigas que vieras por tu cuerpecito. Le miraste y después dirigiste la mirada hacia mí, y nos viste tranquilos, calmados y seguros. Entonces confiaste en aquellos que te querían y te miraban y te decían «Eres capaz» y, poco a poco, tú solo empezaste a recobrar el aliento, contagiado por nuestra falta de nerviosismo. Te levantaste, con esos seis añitos de roble, y dijiste: «Tienes razón, papá. Además, yo soy mucho más grande que las hormigas, ¡soy un gigante!, y ni cien hormigas pueden con un gigante. Soy un gigante, papá». Te levantaste y te echaste a reír mientras te quitábamos las hormiguitas, pues de pronto ya no te asustaban, sino que te hacían cosquillas. Ya no existía el miedo. Lo venciste. Con seis años. ¿Lo recuerdas, cariño? Tu abuelo habría estado orgulloso de ti.

Decidí llamar a mis padres. Quedé con ellos por la tarde y fui testigo de la sorpresa y del alivio en sus ojos. Hablamos de todo y nada, pero evité el tema de Marta. Les dije que estaba animado y que iba a retomar el trabajo. Me abrazaron y me dijeron que contase con ellos para lo que necesitara. En ese momento me vino Dora a la mente. Creo que los tres, mis padres y yo, habíamos conseguido poner fin al mismo tiempo a ese muro invisible que nos separaba y no nos permitía vernos de cerca. Eso es algo que habría hecho muy feliz a mi abuela.

Esa mañana había quedado con Andrés en el bar de abajo, por fin. Tenía muchas ganas de verlo. En su respuesta, me decía que se había pillado un vuelo nada más escuchar mi mensaje y que tenía algo muy importante que contarme. Sabía que su presencia me ayudaría a poner las cosas en perspectiva, como siempre. Tenía ese don de convertir los mayores problemas en algo diferente. Al verlo, me acerqué corriendo a darle un abrazo. Respiré tranquilo; parecía que todo se reordenaba de nuevo. Él me devolvió el abrazo con fuerza, me dio un beso en la mejilla y llamó al camarero, apresurado. «Tenemos algo que celebrar», me dijo. Nos sentamos y, después de un brindis por el reencuentro, me contó que iba a abrir una galería y quería exponer algunas de mis obras en la inauguración.

—Tienes que retomarlo, tío. La exposición aquella que hiciste, ¿cómo se llamaba...?

—«Manialadas.»

—Exacto, «Manialadas». Eso fue una genialidad. Yo estoy ahora liado con todo el tema del espacio, la reforma, las cuentas... Ya sabes, el contrato de alquiler y demás. Es que el que lo gestiona es un tocapelotas de manual, aunque es tan guapo... Me tiene roto. Pero, oye, ¡que no te he contado lo mejor!

—¿El qué?

—¿Sabes lo que es? O sea, el sitio que he pillado, ¿sabes qué es? Me he metido en una buena, pero, joder, tío, va a ser genial.

—Sorpréndeme, Andresito —le contesté animado.

—¡Un puto garaje! ¡Un garaje! Joder, Gael, pero no uno cualquiera. Es un garaje privado de una mujer, es enorme, está en pleno centro, y lo tiene vacío y abandonado, puesto a la venta. Un día iba paseando por allí, está unas calles más allá, supercéntrico, y lo vi, y vi esa luminosidad... ¿Qué profesor decía eso de que la luz es esencial para poder apreciar las cosas...? Bueno, da igual, el caso es que lo vi claro, tío. Y nunca mejor dicho. Tú lo sabes, sabes que el sueño de mi vida ha sido siempre tener mi propia galería y dejar de depender de los memos que deciden cómo, cuándo y dónde. Además, estoy ya hasta las narices de Londres. No me acostumbro. Necesito volver, Gael, quiero empezar de cero. Así que le eché un par y hablé con la mujer. La señora me puso en contacto con su hijo, que es el que lo lleva, y unos días más tarde fui a verlo. Quedé totalmente convencido y ahora estoy metido en la reforma. Va a ser la leche, tío. De verdad. Esa luz que tiene va a volarte la cabeza en cuanto lo veas. Porque lo he estado pensando y, joder, me haría muchísima ilusión que lo inauguraras tú, Gael, que montaras una exposición cojonuda y se la enseñaras a todo el mundo, pero ya en plan serio, que sea sólo tuya. ¿Qué me dices?

Lo observé con atención mientras hablaba. Según me iba contando sus ideas, su rostro se iba tiñendo de un color encarnado, de un rojo efusivo, casi acalorado. Vislumbré la ilusión en sus mejillas. Me imaginé por todo lo que había pasado. Habíamos mantenido el contacto, pero cuando murieron sus padres quiso alejarse de todo y de todos durante un tiempo, y yo respeté su decisión y le di su espacio, porque la amistad, principalmente, es comprensión.

Me pareció sorprendente ver cómo en un tipo que lo había perdido todo seguía existiendo hueco para las ganas, para la emoción y los deseos. Incluso me dio envidia y, al mismo tiempo, cierta vergüenza por haberme dejado abatir de ese modo por mi drama, que ante el suyo carecía de importancia alguna. Sin embargo, al momento me di cuenta de que el dolor no es algo comparable. Los sentimientos no se pueden igualar porque son fruto de algo interno de cada uno, y eso que llevamos dentro es inaccesible para el resto. Nadie puede entrar ahí nunca, sólo uno mismo.

Recordé la conversación que tuve un día con Marta a propósito de los agujeros, es decir, de las ausencias en la vida de cada uno. Ella decía que le parecía terrible vivir esquivando agujeros y yo le contesté que no había que esquivarlos, sino aprender a vivir con ellos. Asumirlos, de alguna forma. Cambiar el paso, no el camino. Ahora entendía lo horrible que era mirar a mi lado y que ya no estuviera quien ocupaba mis paseos. Es desolador el paisaje que se presenta cuando uno pierde a aquellos que lo acompañan, sin duda; pero Dora me había enseñado que, casi siempre, las ausencias obligadas de aquellos a los que amamos se convierten en su mayor presencia. Y ahora mi amigo me confirmaba que no estamos obligados a olvidar a quien se marcha o a quien desaparece, no, sino que debemos aprender a honrarlos siguiendo nuestra vida como ellos siempre quisieron que hiciéramos: felices, valientes y con los mismos sueños que imaginábamos cuando no teníamos ganas de dormir.

Como por arte de magia, Andrés había aparecido en el momento preciso, justo en la mañana en que yo había decidido levantarme y abrir todas las ventanas. El cielo estaba claro y un pájaro perseguía a otro a una velocidad de miedo. «Como consiga atraparlo, se van a caer los dos al suelo —pensé—. Si el que va por delante frena de repente, también se van a dar un buen golpe.» Animé en silencio al que iba primero, aunque una parte de mí deseó que chocaran para ver qué ocurría.

Me dejé llevar por el optimismo de mi amigo y le dije que sí. Aún quedaban unos meses, así que me daría tiempo a prepararlo en condiciones. Además, ya tenía la idea gracias al sueño de la noche anterior.

La exposición se llamaría «Días sin ti» y consistiría en una serie de figuras con el mismo rostro, aunque con distintas expresiones. Intentaría concentrar en un solo gesto las etapas de una relación: la ilusión, el enamoramiento, el amor, la ruptura, el duelo y la curación, con dos bustos por cada fase. Serían doce expresiones en total que resumirían un proceso por el que todos, de una u otra manera, pasamos alguna vez en la vida. La escultura siempre me había ayudado a dar vida a mi mundo interior, y no era justo que en esos momentos le diera la espalda. Debía dejarme ayudar, recuperar el latido que pusiera todo en marcha de nuevo. Tenía también que ser valiente y enfrentarme a mis fantasmas, escuchar todo lo que tenían que decirme, poner en orden lo que había ocurrido, lo que había sentido y sufrido, lo que había ganado y a la vez perdido.

Así que acepté.

Ganaron los nacionales, y aquella sangría de tres larguísimos años se convirtió en un proceso lento y agonizante que no acabaría hasta muchísimo tiempo después. La dictadura caló de lleno en todo el país y no dejó libre ni un solo resquicio, ni una fisura por la que el espíritu republicano pudiera resurgir. Pensábamos que no podía suceder nada peor. Pero nos equivocábamos.

La incertidumbre inundó nuestra casa. ¿Qué iba a pasar con nosotros? Aunque nos manteníamos callados, paralizados ante el terror de lo que se nos venía encima, el miedo dormía acostado a nuestro lado cada noche. Yo era la que peor lo pasaba. La guerra se llevó consigo mi ilusión y mis ganas de vivir. Vi tanta barbarie que dejé de pensar que el mundo podía darme algo hermoso. Me sentía estafada. Había nacido en un país en el que no se respetaba la libertad de las personas ni su seguridad. Habían encarcelado nuestros cuerpos y nuestras almas. Siendo así, ¿qué otra cosa podía ofrecerme ese lugar? ¿Qué hacíamos allí? ¿Por qué se luchaba por una unión que asesinaba la diferencia? Proclamaban una patria unida castigando a aquellos que pensaban distinto, en vez de abrazar la diferencia y enriquecer el espíritu de los ciudadanos. ¿Qué sentido tenía todo aquello? ¿Por qué seguíamos aferrados a una tierra que estaba manchada con la sangre de aquellos que pensaban como nosotros?

Pasamos así varios años; no teníamos dinero para irnos a otro lugar y, de haberlo tenido, las posibilidades eran mínimas. Tu abuelo se dedicaba a la construcción y hacía muebles maravillosos, como los de nuestra casa, que luego vendía. Recogía material sobrante de las obras y se entretenía fabricando distintos enseres que después me enseñaba con orgullo. Yo me dediqué a limpiar en las casas de algunos vecinos adinerados del barrio de al lado. Eran, por supuesto, familias franquistas. El trato era cruel, lleno de desprecios y desaires. Recuerdo que una señora me dijo, literalmente, que los rojos debíamos limpiar la sangre de los nuestros para que los vencedores no se mancharan al pasear por las calles. Es cierto, sin embargo, que había alguna excepción, personas que no juzgaban tu ideología o, al menos, no lo hacían en voz alta. Tal era el caso de doña Herminia; sin que llegáramos a ser íntimas, se convirtió en una persona importante en mi vida.

Yo no señalaba a nadie, Gaelito, créeme, siempre he respetado las ideas políticas de mis vecinos. La gente se volvió loca, los unos contra los otros, y nadie se daba cuenta de que lo que nos hace crecer como personas es precisamente lo que no compartimos, aquello de lo que podemos aprender. Siempre he respetado al que piensa distinto, pero que no me obliguen a apreciar a aquel que escupe sobre mi libertad, porque jamás lo haré, jamás honraré al que se cree con el poder de robarme lo que es mío.

Esa superioridad con la que me trataron sirvió para que nunca haya mirado a nadie por encima del hombro. A veces necesitamos experimentar lo que se siente al otro lado para comprender al de enfrente. Todo en la vida es cuestión de perspectivas y de posiciones.

Tu abuelo y yo empezamos a fantasear para zafarnos de aquella realidad tan desalentadora. Por las noches, nos imaginábamos en Santa Clara, donde él había nacido. Sus padres habían fallecido durante la guerra, y lo único que le quedaba eran los recuerdos. Me hablaba de su pueblo, de su historia. Me contaba que aquel lugar tantas veces recordado tenía las calles llenas de flores y que, cuando miraba al horizonte desde la ventana de su habitación, no distinguía la línea que separaba el mar del cielo: «Entonces buscaba con mis ojos de crío un mantico negro, oscuro, que parpadeara: los pájaros. Allí donde estaban los pájaros se encontraba el cielo».

Una noche me dijo que me sacaría de España, que viajaríamos por las aguas del Atlántico y me llevaría a su casa, lejos de toda esa sangre. Me decía que buscaríamos a su abuelo, y que avisaría a los vecinos del barrio, de los que aún se acordaba, como la señora Camila, que cuidó de su padre cuando era pequeño, o don Andrés, el panadero, con quien él había aprendido a amasar pan, y también a Gabriela, Floro y Orlando, sus mejores amigos del colegio, y que entre todos organizarían una fiesta para nosotros. Bailaríamos, beberíamos y nos reiríamos tanto que se haría de noche y seguirían resonando nuestras risotadas por las calles. «Te pintaré como a Cuba —me decía—, serás mi españolita isleña, mi Dorita de colores, olerás a mi tierra hermosa y mi tierra hermosa olerá a ti, y seremos felices allí, tan felices, mi amor..., no te imaginas cuánto.»

Y yo me lo imaginaba, cielo. Te lo prometo. Me vi allí, en Santa Clara, riendo a carcajadas, con tu abuelo. Limpios de horror. Curados de desgracias. Llenos, de nuevo, de la inocencia más pura. Aquellos sueños se convirtieron en el momento más feliz de mis días. Ojalá nunca te olvides, mi niño, de soñar con los ojos abiertos.

—Oye, Gael, esta tarde inauguran una exposición de fotografía a dos calles de tu casa. ¿Te apetece venir? Es de un tal Raúl Corva, un fotógrafo novel. Quiero ir a echar un vistazo para ver cómo lo tienen montado y coger ideas, ya sabes. Además, si el tipo es bueno, ya me quedo con su contacto.

—Te has convertido en todo un hombre de negocios, Andrés. Claro, cuenta conmigo.

A las siete y media quedamos en la calle que hacía esquina con la galería. Hacía buen tiempo, era ya la época de dejar el abrigo en casa y sacar las cervezas a las terrazas. Quedaba media hora para que abrieran la galería y decidimos sentarnos a tomar algo en un bar cercano mientras esperábamos.

Estaba contento. Me sentía, en cierto modo, parte del proyecto de mi amigo. Aunque fuera como testigo, compartíamos la misma ilusión. Además, no dejaba de pensar en la exposición y cada vez tenía más ganas de ponerme a trabajar en serio. Le conté a Andrés lo que había planeado y se entusiasmó.

—Pero ¿tú qué tienes ahí dentro para que se te ocurran esas ideas? Me parece la leche, Gael.

—Bueno... Ya te conté lo que pasó con Marta. Tengo ciertas cosas dentro que necesito sacar fuera y olvidar —le respondí.

«Una ausencia enorme, eso es lo que tengo aquí dentro», pensé con cierta tristeza.

—Bueno, cuéntame cómo estás tú de verdad, cómo lo llevas. Sabes que no te hace falta fingir conmigo —me pidió, con los ojos muy abiertos.

—No salió bien, ni la relación ni yo —contesté—. Pero ahora estoy mucho mejor, la verdad. De eso hace unos meses y creo que ya es hora de pasar página y tirar para adelante.

—Si no tiene solución, no sirve de nada seguir en el problema. Ésa es mi filosofía de vida y me funciona. No quiero ser demasiado duro, tío, pero esta pregunta me la hago yo cada vez que una relación no me funciona y me suele ayudar bastante: ¿por qué vas a seguir pendiente de alguien a quien no le importas? Tenemos que querernos a nosotros mismos, tío, antes que a nadie. Así es como funcionan las cosas. Se ha ido, te ha dejado y te ha roto el puto corazón porque no ha querido seguir contigo. Olvídala, es su decisión. Imítala y haz tú lo mismo. Usa esa rabia para cerrar ese capítulo y no para hacerte polvo. —Se quedó callado unos segundos—. Sigue tu camino, Gael. Hacia delante, siempre hacia delante.

Andrés me dio un abrazo, emocionado. Era un tipo extremadamente sensible encerrado en el cuerpo de un hombre presumiblemente frío y solitario. Pagué las cervezas, convencido y agradecido por la conversación y los consejos de mi amigo, y cruzamos la calle en dirección a la galería.

Al entrar, todo lo que había empezado a construir de nuevo en mi cabeza se tambaleó. Miré a mi alrededor y la escena se congeló. Sólo estábamos aquellas fotografías y yo. Apenas me podía creer lo que tenía ante los ojos. Con el corazón en un puño, me acerqué y leí el nombre de quien firmaba aquellas imágenes. Una, luego otra, después la siguiente. Sí, todas eran de la misma persona: Raúl Corva. Miré a mi izquierda y lo vi, tomando una copa de vino, charlando animadamente con unos amigos. Se le veía orgulloso. Había cambiado el uniforme del bar por un traje moderno. Pitillos ajustados negros, camisa blanca por fuera y una corbata finísima de color oscuro que caía desde su barba de tres días. A su lado, y multiplicada en la veintena de fotografías que rodeaban la sala, estaba ella.

Marta.

Esa vez el destello me dejó ciego.

Sin embargo, si no fuera porque sus ojos me miraban desde veinte ángulos distintos, habría dudado de que fuera ella. Habría pensado, como siempre, que la percepción me estaba jugando una mala pasada dejando que algún recuerdo suelto se cruzara en mi mirada. Me habría dicho a mí mismo que no era Marta y habría seguido mi camino, tranquilo, controlando la brecha del corazón, ese latido disonante que había desordenado mi pulso. No podía ser ella, pensé. El destino, ese del que tanto hablaba Dora, de ningún modo podía ser tan cabrón conmigo. No. No era ella. No eran sus ojos azules los que me observaban en una mirada dirigida a otro, partiéndonos a mí y a los océanos en dos. No era su cabello el que en esa foto se entrelazaba con sus dedos finísimos, esos dedos que sabían a todas las inundaciones, no. No lo eran. Tampoco las rodillas que aparecían dobladas en otra imagen eran suyas. No eran las mismas que me imaginé tantas veces pequeñas y llenas de barro el día que se hizo la cicatriz que ahora cruzaba media fotografía. De ningún modo el pecho que iluminaba el retrato que me esperaba a la izquierda era el mismo sobre el que yo me había apoyado tantas noches, rendido al amor, rendido a la vida que me daba lo que latía dentro de ella, rendido a la confianza en aquella persona que duerme a tu lado. Siempre había pensado que uno debe confiar muchísimo en la persona con la que duerme cada noche, porque no hay momento del día en el que estemos más indefensos que cuando se apaga la luz. ¿Cuánto confié en ella? ¿Cuánto llegué a confiar en Marta para cederle, sin preguntas ni condiciones, la posibilidad de hacerme daño? ¿Cuántas veces, maldita sea, tenía que verla, nombrarla y pensarla para conseguir olvidarla?

Una rabia espantosa se extendió súbitamente como una infección por todo mi cuerpo. Sentí cómo todo lo que nunca le había dicho a Marta aceleraba mi pulso, tensaba mi mandíbula y me apretaba con fuerza los puños. Jamás había sentido tanta furia dentro de mí. Dejé de escuchar, dejé de mirar, sólo veía las fotos de Marta y la cara de ése detrás del objetivo. Ese que compartía musa y proyecto conmigo, a quien Marta también parecía haber hechizado para que volcara todo su arte en ella. Entonces cogí una de las fotos, la estampé contra la pared para romper el cristal del marco y, con la mano ensangrentada, la rompí en pedazos. Enloquecido, fui a por la siguiente, y así con cinco más, que fueron las que me dio tiempo a romper antes de que llegara Raúl y me largara un derechazo en la mandíbula y una patada en el estómago. Andrés, atónito y sin entender nada, consiguió sacarme de allí antes de que me destrozara. Justo al salir, levanté la mirada y vi a Marta, que me observaba perpleja y angustiada. Había ido corriendo a consolar a Raúl y, al darse cuenta de que era yo el chalado que se había cargado las fotografías que le había hecho aquel tipo, se había quedado paralizada.

Andrés me sacó de la galería, me llevó a casa y me curó las heridas. Al enterarse de lo que había pasado, me dijo, bromeando, que aquel Corva tenía un derechazo de mierda y que ya podía ir despidiéndose de exponer en la que sería la mejor galería de la ciudad. El muy capullo me hizo reír, y el movimiento de mandíbula me destrozó. Cuando se fue, me di una ducha rápida. Sólo quería dormir y olvidar todo lo que había pasado. No quería reflexionar ni pensar sobre lo que acababa de hacer. Había tocado fondo, sin duda, justo cuando empezaba a remontar, y lo que se veía desde allí era desolador.

Antes de meterme en la cama sonó el timbre. Pensé que Andrés se habría dejado algo, pero al abrir la puerta me encontré con la última persona que habría imaginado.

Marta.

Mi primera reacción fue cerrar de nuevo, pero ella se adelantó y se metió en casa. Me quedé quieto, mirando hacia el rellano, intentando controlar los nervios y las ganas de salir corriendo.

—Gael... —Marta me cogió de la mano con suavidad—. Déjame ver esa herida.

—¿Qué haces aquí? ¿Qué quieres? —le dije, dándome la vuelta y zafándome de su caricia con un gesto brusco.

—Estaba preocupada por ti. No estaba segura de que fueras tú, pero me ha parecido verte en la puerta y... Bueno... Todo cobraba sentido si eras tú...

—¿Ah, sí? ¿Y cobraba sentido por qué? ¿Porque es normal que los tíos con los que te lías la monten? ¿Estás acostumbrada a eso o qué?

—Gael... Lo siento... Nunca pensé que aparecerías..., que te enterarías así de golpe...

—Ya —dije para mí—. Llevo sabiéndolo meses, ¿sabes? Te vi en el bar con él, haciendo lo mismo que hiciste conmigo aquella noche. ¿A eso te dedicas, Marta? ¿A repetir historias? ¿Cuánto te va a durar éste? ¿Un poco más que yo? ¿Cuánto vas a tardar en hacerle añicos? ¿Tú qué crees? Se le ve bastante menos comprensivo, tengo que decírtelo. —Todo lo que nunca le había dicho volvía de nuevo a manifestarse. Tenía que sacármelo de dentro o podría conmigo.

—Gael, él no es mi... —No quiso terminar la frase. Estábamos soltándonos lo que no nos habíamos dicho en su momento y Raúl no pintaba nada en esa conversación—. Lo siento, de verdad. Siento muchísimo haberte hecho daño. Te lo juro. Nunca fue mi intención. Es sólo que...

—¿Nunca fue tu intención, Marta? ¿Me dejaste porque no podías tener una relación y ya tienes a otro? ¿Sabes qué es lo que te pasa? Yo te lo digo. Estás llena de miedo, de miedo y de inseguridades. No superas todo lo que te falta en la vida y vuelcas ese miedo y esa inseguridad en los demás. Te han jodido, lo sé, te han hecho daño, tu padre es un cabrón y echas de menos a tu madre. Lo sé. Pero no puedes usar a la gente para suplir ese cariño, no puedes utilizarla si no estás preparada para querer, ¿entiendes? Que no pasa nada, que yo te dejé ir porque era lo que necesitabas, lo entendí. Te quería de verdad y lo hice por eso, porque no estábamos en el mismo punto. Entendido. Pero no vuelvas, Marta, no vuelvas así, cuando yo ya empiezo a remontar, para hacer una cura de conciencia y pedir un perdón que ya no significa nada y sólo te ayuda a ti. Joder, primero un tío que te esculpe, ¿y ahora un tío que te fotografía? Pero ¿de qué vas? ¿De qué va esto? ¿Es que te crees que el amor sólo gira en torno a ti? —Me quedé en silencio, exhausto. Soltar todo aquello que llevaba dentro fue algo así como correr un maratón. Agotador, pero liberador—. ¿Y por qué con él sí? ¿Por qué con él sí y conmigo no? —añadí con el poco aliento que me quedaba.

—... porque él nunca me ha pedido que me quede a dormir.

En ese momento, Marta, atrapada en una verdad que no quería escuchar, acorralada entre esas palabras que aún resonaban por la habitación, se lanzó hacia mí. Me quitó la camiseta y me besó con fiereza, mordiéndome los labios. Me clavó las uñas en la espalda y me bajó los pantalones. No dejaba de decirme: «Cállate. Cállate, cabrón. No me conoces». Me quitó los calzoncillos y se puso encima de mí, apretando los dientes. Empezó a golpearme el pecho con el puño mientras se movía adelante y atrás, provocando mi excitación. Contagiado por el resentimiento y el dardo de las últimas palabras, le di la vuelta sobre el sofá y la empujé contra él, hundiendo mi sexo en el suyo, deseando en lo más profundo de mí mientras follábamos que desapareciera de una vez de todas partes, de mi sofá, de mi cama, de las paredes y de los techos, de la calle que unía su casa con la mía, de mi maldita cabeza, que la traía de vuelta siempre que el mundo se me hacía demasiado grande para habitarlo solo.

Aquél fue uno de los momentos más tristes de nuestra relación. Cuando acabamos, me fui al baño a limpiarme. Antes siempre nos quedábamos abrazados, ella encima de mí, recuperando el aliento en la boca del otro. Podíamos quedarnos así, piel sobre piel, toda la noche. Algunas veces nos quedábamos dormidos y por la mañana teníamos que ducharnos con prisa, juntos, porque no llegábamos al taller. Esas mañanas habían sido mis favoritas, el baño se inundaba de sus carcajadas y era maravilloso empezar así el día. Sin embargo, en esa ocasión no sentí ganas de abrazarla, no quise apretarla contra mí y colocarnos de tal modo que le dieran ganas de dormir ahí en vez de querer huir al otro lado de la cama, como le pasaba al principio. No me arrepentía de lo que había pasado, pero esta vez era un sentimiento distinto el que me encogía el cuerpo, y eso me hacía sentir muy extraño.

Cuando regresé al salón, Marta ya estaba vestida, con el bolso en la mano y esperándome de pie junto a la puerta, sin saber bien dónde mirar.

—No quería irme sin despedirme...

—Sí, no te preocupes —le dije titubeando—. ¿Has pedido un taxi?

—No, no hace falta. Me sé el camino a casa.

Hizo una mueca con la boca, como si se arrepintiera de lo que acababa de decir. Aquella frase ya no tenía ningún sentido.

—Vale —le dije, dudando si acercarme—. Que descanses, Marta. Que te vaya bien.

—Y a ti. Cuídate. —Se dio la vuelta y posó su mano en el picaporte.

En ese instante se volvió de nuevo, se acercó a mí y me dio un abrazo. Dejó caer todo su peso sobre mis brazos y suspiró.

—Lo siento. Lo siento de verdad —me dijo derrotada.

Me rendí, yo también, a su gesto. Marta era una chica asustada que necesitaba quererse a sí misma para poder querer a alguien de verdad. ¿Acaso no lo sabía cuando la conocí y me enamoré de ella? En el fondo pensaba que sí, y no era justo echarle mi tristeza encima. Ella no era responsable de mí y yo tampoco lo era de ella, así que no tenía sentido culparla de mi fracaso a la hora de salvarla. Ella no me lo había pedido.

—Está bien. No lo digas más, ¿vale? Las cosas han ido así y no sirve de nada echarnos la culpa. Espero que te vaya bien. De verdad.

—Yo también espero que te vaya bien, Gael.

Marta giró sobre sus talones y observé desde la puerta cómo se alejaba por el rellano. Me quedé mirándola hasta que desapareció, y entonces entré en casa. Me tiré en la cama, respiré hondo y dejé que saliera el aire contenido durante toda la noche.

«Todo irá bien», pensé, instantes antes de quedarme dormido.

La posguerra fue, si cabe, más dura que la guerra. No sé decirte por qué, pero creo que durante el conflicto aún albergábamos ciertas esperanzas. Tampoco sé bien de qué, aunque creo que en el fondo pensábamos que todo podría terminar bien o, al menos, terminar. Con cientos de vidas perdidas, sí, pero con un final tras el que todo volviera a ser como antes.

Sin embargo, no fue así. La represión fue cruenta y casi pudo conmigo. Tu abuelo tenía mucha más imaginación que yo y encontraba consuelo en sus libros, en sus poemas, en «estas manialadas», como él llamaba a sus manos, que le permitían volar donde él quisiera con sólo abrir un libro. ¿A quién se le ocurre algo así? Tu abuelo estaba lleno de destellos y no se me olvida ni uno solo de ellos.

Un día le dije que se nos iba acabando todo: el dinero, la comida, los motivos para estar bien. Entonces él fue al lavabo y se enjuagó las manos. Al instante volvió y, con un gesto sencillo, tomó las mías y se arrodilló delante de mí. Era 1940. Teníamos pocos medios, una juventud perdida, un amor profundo y, sin saberlo todavía, un niño hermoso creciendo en mi vientre.

«Casémonos por fin, Dorita. Cásate conmigo. Casémonos y volvamos a llenar de amor nuestra vida. No esperemos más. ¿Qué importa lo que piensen? Desde el primer momento en que te vi supe que quería pasear de la mano contigo por todos los caminos de este mundo. Ahora no puedo darte un anillo que una tu dedo y el mío. Pero no quiero que recuerdes este matrimonio por un pedazo de plata, quiero que lo recuerdes por cómo late tu corazón, por ese ruido de tambores que tiene el ritmo de nuestra canción, por nuestro baile. Te regalé unos guantes para que cuidaras tus manos. Y ahora te las cojo, desprotegidas de abrigo, y te tiendo las mías para que te acaricien todas y cada una de las heridas de

esta guerra, mi amor, para que te devuelvan esta paz, no sabes cuánta, que me da tender la mano y llegar a la tuya. Cásate conmigo, tengamos hijos, vivamos bajo su sombra, Dorita, y dejemos que este mundo siga su curso mientras tú y yo seguimos besándonos.»

Y nos casamos. Por la iglesia, claro. En esa época no se podía hacer de otra forma. Fue algo rápido, pues tampoco nos permitían mucho festejo.

El cura de la iglesia donde contrajimos matrimonio guardaba cierta relación con tu abuelo. En el pasado le había ayudado con algún arreglo en su casa y eso facilitó que nos casara, a pesar de que sabía que yo era una maestra depurada y de la extranjería de Gael. No todos fueron unos monstruos, cielo. Hubo errores por todas partes, de unos y de otros, pero debemos superarlos, seguir con nuestras vidas como siguen creciendo las flores o el caudal de los ríos.

Yo iba vestida de blanco, con un velo que me dejó doña Herminia, la vecina a la que le limpiaba la casa, y con un traje antiguo y elegante que guardaba nuevo en el armario desde hacía años, pues no había tenido oportunidad de estrenarlo. Debido a la mala alimentación, me sobraba una talla, pero una vecina muy amable, Teodora, mujer de un antiguo compañero de trabajo de la escuela al que se habían llevado preso, se ofreció a ajustarlo. Debo de tener alguna foto por ahí, te la enseñaré. Nunca me sentí más guapa. Era el día de mi boda.

Tu abuelo iba con el traje de las ocasiones especiales, uno que de tan usado se le caían los botones, pero él lo lucía como un señorito. Era alto y espigado. Las miserias de la guerra se habían llevado por delante su porte y su fuerza, pero seguía manteniendo el atractivo y la elegancia. «Soy un montón de huesecitos», me decía. El trabajo en la construcción le había marcado los músculos, pero, como a todos, la falta de comida le había dejado un cuerpo fibroso, aunque nada atlético. Aun así, estaba guapísimo. Se peinó la melena castaña, algo menos brillante que antes, como el primer día: hacia atrás. Un compañero de trabajo le prestó unos zapatos casi nuevos y quiso lucir con orgullo la única herencia de su abuelo, un reloj que su padre le había dado unos años atrás.

Como la guerra se había llevado por delante a muchos de nuestros amigos, a la boda sólo acudieron Vicente y unos pocos parientes míos —los que pudieron permitirse el viaje—, y otros pocos vecinos y compañeros de trabajo de tu abuelo. Vicente, que manejaba dinero, se ofreció a pagarnos el banquete y comimos todos juntos en casa un buen lechal. Aquél fue un día hermoso. El día siguiente trabajábamos los dos, por lo que la fiesta no pudo alargarse demasiado; sin embargo, tu abuelo me prometió al acostarnos que nos iríamos de luna de miel a Santa Clara. Esa noche hicimos el amor como la primera vez, pues ambos sentimos que aquella boda significaba el comienzo de algo nuevo.

Unos meses más tarde, cuando el invierno llegaba a su fin, nació tu padre. Como sabes, decidimos llamarlo Miguel por la gran adoración que tu abuelo sentía por Miguel Hernández. El poeta seguía en prisión, y mi Gael sentía y lloraba esa injusticia como se siente y se llora la desgracia de un amigo. Durante el embarazo, cada noche, le leía el mismo poema a mi vientre embarazado. El poema se llamaba «Libertad», y era tan corto que no tardé en aprendérmelo de memoria. Decía así:

La libertad es algo
que sólo en tus entrañas
bate como el relámpago.

Gael quiso rendirle ese homenaje, darle a quien más quería el nombre de quien más admiraba. Yo no leía tanta poesía como él, pero accedí sólo por verle feliz. Y es que hay gestos, cariño, que no le cuestan nada a uno y para el otro son un mundo. ¿Por qué evitarlos? La felicidad es tan sencilla... ¿Por qué nos empeñamos en volverla inalcanzable? Son los pequeños gestos, los detalles, los que completan el dibujo.

¿Sabes cómo se conoce a alguien, cielo? Escuchando. Nada más y nada menos. Se trata de escuchar. Uno nace oyendo y después aprende a escuchar, y así es como se conoce a las personas. Parece sencillo, aunque no lo es. Uno termina por escucharse antes a sí mismo y, entre tanto ruido, olvida lo que le dice

el de enfrente. Yo puedo decirte cuál era la flor favorita de tu abuelo y contarte que le gustaba quedarse despierto por la noche para leer sus libros, porque era entonces cuando se quedaba solo, en silencio, y eso le hacía feliz. Puedo nombrarte las cosas que le ponían nervioso: los libros subrayados o las personas que hablen a la vez, y también alguna de sus manías, como cantar boleros en el baño o despertarse antes que yo. Cuando estaba embarazada, todas las mañanas le cantaba el mismo bolero a nuestro bebé. Me acariciaba el vientre y entonaba, así, bajito, con ese acento suyo que me enamoraba:

Aquellos ojos verdes,
serenos como un lago,
en cuyas quietas aguas
un día me miré,
no saben las tristezas
que a mi alma le dejaron
aquellos ojos verdes
que yo nunca besaré.

Esas cosas le hacían especial. Hay que buscar los detalles, Gaelito. Cuando uno pasa tanto tiempo con alguien debe enamorarse también de sus detalles, porque son los que le hacen único. Esas peculiaridades son las que rescatarás, cincuenta años después y te harán sonreír.

Tu padre nació y con él las cosas se volvieron, no más sencillas, pero sí más hermosas. ¿Recuerdas aquello que te dije de que me sentía defraudada con el mundo? Eso cambió con la llegada de Miguel. De pronto, los días se llenaron de risas y de la felicidad más absoluta. Fue complicado, no te voy a mentir. Tuvimos que trabajar el doble. Tu abuelo se partía el lomo en la obra y yo me dejaba la espalda limpiando, haciendo entre ambos equilibrios imposibles para poder estar con el bebé. Por suerte, Herminia nos echó una mano y todo fue, poco a poco, encontrando su ritmo.

Miguel fue cumpliendo años y nos convertimos en una familia unida y feliz. Gael era un padre maravilloso. Los días que libraba, se dedicaba a él en cuerpo y alma. Le contaba docenas de cuentos que le hacían estallar en carcajadas. Un día le trajo un trozo de madera y le contó que era una espada mágica que había robado a un pirata, pero que no debía usarla para atacar a nadie sino para defender a quien lo necesitara. Miguel ponía los ojos como platos y le escuchaba, tan atento, tan pequeño. Era hermoso verlos juntos, respirando el mismo aire.

Ocurrió la noche del 19 de abril de 1944. Tu abuelo se había ido a trabajar temprano y yo me había quedado con Miguel. Recuerdo perfectamente lo que me dijo antes de irse: «Dorita, hoy estás tan guapa que he decidido que esta noche te haré el amor con la fuerza de cuando era más joven». Entre carcajadas, ruborizada —pues tu abuelo nunca perdió la capacidad de sacarme los colores—, le di un beso y cerré la puerta.

Empecé a preocuparme, porque él nunca se retrasaba. Siempre llegaba puntual, a las siete de la tarde, le daba un beso a Miguel, jugaba con él y después lo acostaba, no sin antes leerle un cuento. Por nuestra boda nos habían regalado una vela enorme con la intención de usarla para alguna urgencia, pero nosotros habíamos decidido emplearla de otro modo. La encendíamos en nuestra habitación, ya de noche, con Miguel dormido, y disfrutábamos de la intimidad. Era nuestro momento. Apagaba la lámpara y, bajo el tenue resplandor de la candela, tarareaba bajito uno de esos boleros que le gustaban tanto mientras me masajeaba los pies. Después yo le frotaba la espalda magullada y el rostro con mis manos y nos quedábamos así, recostados uno sobre el otro, disfrutando del silencio, hasta que nos quedábamos dormidos.

Pero aquella tarde no llegó. Ni a las siete ni a las ocho ni a las nueve ni a las diez. Sin saber qué hacer, encendí la vela para cuando llegara. Porque iba a llegar, eso pensaba todo el rato.

Acosté a Miguel, le leí uno de los cuentos que había dejado tu abuelo sobre la mesa y le di un beso antes de apagar la luz. Triste, me preguntó por su padre y yo le dije que se había quedado trabajando hasta tarde, pero que le traería algo para compensarle. Miguel se quedó tranquilo y no tardó ni cinco segundos en rendirse al sueño. Yo me fui al comedor, incapaz de dormir, intranquila y preocupada por la situación. Cogí un libro, dispuesta a distraerme con su lectura, pero sólo conseguí pasar las páginas, una tras otra, sin enterarme de nada. Algo dentro de mí me decía que las cosas no iban bien. Más asustada que al principio, decidí quedarme despierta esperándolo. Pero no apareció. Tu abuelo no apareció, cariño.

Miguel dormía, feliz, con su espadita de madera al lado de la cama.

La vela se consumía, poco a poco, en la habitación vacía.

La casa, esa casa nuestra, dejaba para siempre de ser la misma.

Y yo me rompía en mil pedazos.

DÍA DIEZ SIN TI

HE DEJADO DE HUIR PORQUE ME HE DADO CUENTA DE QUE SOY EL ÚNICO QUE ME SIGUE. TU RECUERDO TAMPOCO, SE HA QUEDADO ATRÁS. CREO QUE ME ACERCO A LA META

La mañana siguiente me desperté con un dolor agudo en las costillas y con la cara entumecida. Uno de los puñetazos de Raúl había caído en mal lugar y me dolía hasta el leve movimiento que se hace al respirar. Inhalar aire era un suplicio. El otro golpe, por suerte, había alcanzado la mandíbula y no la nariz. Digo por suerte porque, de haber sido así, probablemente me la hubiera partido y ahora tendría que soportar las miradas indiscretas a la escayola que decoraría el centro de mi cara. Un golpe en la mandíbula, sin embargo, se podía disimular mejor. La barba se encargaría de ello.

Afortunadamente, como había señalado Andrés, el derechazo no había sido bueno y no me la había fracturado ni nada por el estilo. Aun así, el dolor torácico, agudo, se hacía notar.

—Me lo merezco —farfullé—, por gilipollas. Él es un imbécil, pero lo mío es de traca. A quién cojones se le ocurre...

No quería ni pensar en lo que había pasado la noche anterior con Marta. Bastante tenía con la paliza que había recibido como para torturarme más.

Al levantarme de la cama sentí un ligero mareo. El dolor torácico era persistente, por lo que me senté, esperé a recomponerme y, tras ver la contusión, decidí ir al hospital. No recordaba haber sentido ese dolor al irme a dormir; sin embargo, teniendo en cuenta el tamaño del cardenal, todo apuntaba a que aquel polvo rabioso que habíamos echado la noche anterior había terminado de lastimarme del todo.

Antes, hacer el amor con Marta me llenaba de paz el cuerpo; me hacía bien, tanto bien que llegué a pensar que no existía nada mejor que esa sensación. Me sentía completado, como si uniéndome a ella se juntaran las dos últimas piezas de un puzle. Algunas veces, al llegar al orgasmo se me llenaban los ojos de lágrimas. No sé por qué me pasaba eso con ella. No era tristeza ni mucho menos, era algo más, como si mi cuerpo fuera incapaz de contener lo que me hacía sentir. Conseguía alcanzar mi parte más animal y los frenos y el autocontrol desaparecían. Era algo así como ser consciente de que estaba vivo. Eso mismo. Marta me hacía sentir vivo.

Aquella noche, en cambio, follar con Marta sólo me había causado pena. Ya no había lágrimas de éxtasis, impulsos animales ni mucho menos la certeza de saberme vivo. La veía desde fuera y apenas la reconocía. No sabía si era ella o era yo, pero no cabía duda de que no éramos los mismos que se habían amado con el empuje y valentía que da aquello que crees que nunca te hará daño. Volver a aquello era ya algo imposible. Estábamos ambos llenos de cicatrices que no se podían disimular con barbas o tiritas. Verla a ella era ver mi herida. El cambio de sensación era tan grande que se me pasó por la cabeza que había sido yo el causante, que me había quedado vacío por dentro y era incapaz de sentir nada. Quizá ahí había acabado todo: con ella. Quizá no hubiera nada mejor esperándome en otro sitio. Quizá ya lo había vivido todo y debía conformarme con los recuerdos durante lo que me quedaba de vida. O puede que el problema fuese que me había acostumbrado a que todo lo que tuviera que ver con Marta doliera.

El caso es que ahí estaba, magullado, con un dolor persistente en el pecho que había terminado de romper al acostarme con ella. La vida, no cabe duda, está llena de señales.

No pensé que fuera nada serio, pero el mareo me había preocupado. Una vez en el hospital, el especialista me hizo una radiografía de tórax y, como esperaba, no salió nada grave. La costilla no estaba rota, aunque la contusión era grande y me recomendó reposo y analgésicos. Cabizbajo, pensé qué más podría pasarme. O alguien estaba muy cabreado conmigo o yo había enfadado, pero bien, a la suerte.

Cogí el metro de vuelta a casa y al llegar al portal no encontré las llaves. Busqué por todas partes: en los bolsillos de la cazadora, en los traseros del pantalón, en el interior de la chaqueta..., pero no las encontré. Maldije el pensamiento que había tenido un minuto antes. Parecía que el mundo me estaba poniendo a prueba y yo no daba ni una.

Empecé a ponerme nervioso pensando en lo que me iba a cobrar el cerrajero del barrio. Llevaba un tiempo sin trabajar y por tanto el dinero escaseaba, pero me negaba en redondo a pedirles ayuda a mis padres. No a mi edad. Así que llamé a un vecino para que abriera el portal y subí las escaleras pensando alguna técnica de ladrón cualificado para abrir la puerta. Fue en vano. La desesperación era cada vez mayor, así que, para calmarme, respiré profundamente, con el consecuente dolor que aquello me provocaba. En ese momento me acordé.

Marta tenía una copia de mis llaves.

La hicimos un día que ella se dejó olvidadas unas cosas en mi casa. Yo tenía que quedarme trabajando hasta tarde en el taller, por lo que nos pareció una buena solución. Además, pensé, darle una copia de las llaves era un paso importante en nuestra relación.

Cuando estábamos juntos, era yo el que iba siempre un paso por delante, el que limpiaba el camino para que Marta pisara sobre llano y no se asustara. Ahora, al recordar aquello, me preguntaba si fue un error actuar así, si debí haber caminado a su lado para dejar que encontráramos a la vez todos los escollos posibles y los superásemos de la mano. ¿No es injusto querer salvar a alguien de su vida? Su fragilidad, de la que me había enamorado, me había convertido en alguien débil. Mi ansia de protegerla sin que ella se diera cuenta me había dejado indefenso a mí. Caminaba pendiente de ella y, sin ser consciente, el golpe me lo había llevado yo.

Puede que no la hubiera sabido querer o que, al hacerlo, me hubiese olvidado de mí mismo. Ella tampoco había sabido quererme a mí, sin duda, pero ¿podía culparla? ¿Se puede culpar a alguien por no saber hacer algo? ¿Podía culparme a mí por todo aquello?

Mi abuela solía decirme que lo bueno de las tragedias es que uno sólo las pasa una vez. Si se repiten, ya son otra cosa distinta porque hemos pasado previamente por ellas y hemos asimilado su aprendizaje. No requiere un esfuerzo, es algo que viene solo, con el tiempo.

La primera vez que muere un ser querido, el trauma es devastador. Uno se hace preguntas de las que no obtiene respuestas. Sin embargo, cuando ocurre por segunda vez, la vida ya nos ha dado esas respuestas y nos prepara para afrontarlo de otra manera. Quedan la pena y el dolor, queda la ausencia, todo eso nunca se va. Pero queda también una fortaleza que nos vuelve capaces de asumir que nadie está en el mundo para quedarse y que las personas, en el fondo, son como decidimos recordarlas. Y para ello tenemos dos opciones: o hacerlo con alegría o hacerlo con pena.

Con el amor ocurre algo parecido. Nunca nos enamoramos de la misma manera ni nos rompen el corazón de igual modo. Sólo tenemos uno, pero adquiere distintas formas a lo largo de nuestra vida.

La primera vez que se lo entregamos a alguien, está tan limpio y es tan puro que es utópico pensar que durará así mucho tiempo. Es cuestión de tiempo que a la persona a la que se lo hemos dado se le caiga de las manos. Cuando uno es inexperto también es valiente, y el cuidado, por tanto, no suele entrar en sus planes. Entonces se rompe en pedazos grandes, enormes. Es fácil volverlos a unir, aunque el susto ya nunca se va del cuerpo. La segunda vez presentamos un corazón reconstruido en el que se pueden apreciar los remiendos. El primer amor se olvida, sí, pero no sus heridas. Entonces caminamos con más cuidado, incluso con cierta desconfianza. Sabemos lo que es sufrir por amor y no estamos dispuestos a volver a pasar por ello. Pero lo hacemos. De nuevo, sí, porque es algo inevitable que sucede cuando le das algo tuyo a alguien, un riesgo que tomamos cuando nos enamoramos, que es cuando más valientes somos. Es un hecho que, cuando se cae por segunda vez, los trozos que quedan son algo más pequeños y cuesta más volver a unirlos. Sin embargo, alguien aparece y los junta de nuevo. Lleva más tiempo, pero termina consiguiéndolo. Y seguimos caminando. Y sí, se vuelve a caer y vuelve a hacerse añicos, cada vez más pequeños —algunos, incluso, se quedan por el camino—, pero alguien aparece y los une otra vez para, en un descuido, de nuevo, dejarlo caer. Y así hasta que damos con alguien que, con todo ese cuidado del que hemos prescindido, coge el corazón que le tendemos y lo coloca al lado del suyo, que probablemente también esté hecho de pedazos.

Dos corazones intactos y unidos son valientes y arriesgados, pero dos corazones rotos juntos, ah, ésos son imbatibles de por vida.

La primera vez que me enamoré fue en clase. Se llamaba Julia, aunque en mis sueños yo la llamaba Juliette porque se parecía mucho a Juliette Binoche, la actriz francesa de la que me había quedado prendado siendo un niño. Mis padres habían alquilado en el videoclub, para verla esa noche, una película que se llamaba *Rendez-vous*. Yo era pequeño, así que me mandaron a la cama en cuanto empezó. Sin embargo, antes de ponerla me dio tiempo a ver la carátula de la cinta, en la que esa Juliette, desnuda, posaba de puntillas, de espaldas e inclinada hacia atrás, sostenida en los brazos de un hombre que miraba fijamente al objetivo de la cámara.

Aquello me dejó perplejo. No podía dejar de mirar el cuerpo desnudo de la actriz, la marca de su columna vertebral, el cabello que se confundía con el fondo de la imagen. El cuerpo del hombre también se perdía en el fondo oscuro, pero su cara resaltaba entre todos los elementos de la imagen. Su mirada, fría e impasible, me avergonzó. Parecía que me estaba viendo con aquella cinta prohibida en las manos. Volví a mirar la silueta de Binoche, nervioso, y repasé con el dedo la curva que dibujaba su espalda inclinada. En ese momento entró mi madre en el salón y solté la cinta, ruborizado. Ella no se dio cuenta, pero yo me quedé toda la noche pensando en Juliette, en su nombre y en su espalda curvada, así como en la mirada del hombre, preguntándome si, de haber sido yo el protagonista, habría tenido la fuerza suficiente para sujetarla igual que él.

Pasó un tiempo y olvidé a aquella actriz francesa que jamás conocería pero que había formado parte de mis primeras fantasías. Sin embargo, unos años más tarde volví a encontrarme con ella en el videoclub del barrio, buscando una película que nada tenía que ver con aquélla, y decidí alquilarla. Cuando la vi, todo ese amor olvidado que mi mente de adolescente guardaba en un rincón intocable de la memoria rebrotó y se multiplicó por mil. Juliette, o, mejor dicho, el personaje al que interpretaba, Nina, se convertiría así en mi musa de la adolescencia y en el tipo de mujer que buscaría, incansable, en todas las mujeres de mi vida.

Julia, o sea, mi Juliette particular, tenía trece años, uno menos que yo. Su cabello era negro, como mi habitación cuando apagaba la luz, así que pronto perdí el miedo a quedarme a oscuras. Era bastante popular, lo que la convertía en una persona altiva. Traía a todos los chicos locos y su novio, Juan, era un mandamás, el cabecilla de la clase. Era una de esas parejas que detestas pero que, en secreto, desearías ser. Yo me dedicaba a tachar sin que nadie me viera todas las pintadas de *J & J* rodeadas por un corazón que Julia dibujaba en las mesas. En pequeñito, para que el resto no se diera cuenta, escribía una G y una J. Nunca ha habido entre dos letras una distancia tan enorme como la que había entre la inicial de su nombre y la del mío. Sin embargo, parecía que al escribirlo se convertía en algo real. Esas fantasías alimentaban mi corazón adolescente, que padecía de sueños demasiado grandes y los sufría, vaya si los sufría.

Nunca llegué a decirle nada. ¿Para qué? Me gustaba demasiado la idea de Julia que había creado en mi cabeza. ¿Por qué estropearlo? Quería a esa niña con todas mis fuerzas, con todo el empeño de un niño enamorado, y no sentía que necesitara más. Me conformaba con quererla desde lejos. La veía tan lejana que mi corazón ni siquiera se planteaba la posibilidad de que fuera mi nombre el que ella escribiera sobre la mesa. Disfrutaba pensándola, imaginando lo que le diría si la tuviese delante y se bajara de ese pedestal al que yo mismo la había subido.

Julia, por supuesto, nunca supo de mi existencia. En parte, yo mismo me encargué de ello. No quería hacerme notar demasiado para no asustarla. El miedo al rechazo es un sentimiento terrible a esa edad. Poco tiempo después, Julia dejó el colegio. Habían destinado a su padre, que era piloto, a otro país. Escuché cómo se lo decía, entre lágrimas, a una de sus amigas de clase.

Aquel día llegué a casa y me pasé toda la tarde viendo *Rendez-vous*, un visionado tras otro, hasta quedarme dormido. Nunca volví a ver a Julia en el colegio. Tampoco la película.

¿Fue aquello amor de verdad? ¿La quise a ella o me enamoré de lo que proyectaba a través de mi propia imaginación? ¿Había escogido a una chica con el cabello oscuro y carita de actriz francesa porque eso era suficiente para enamorarme hasta las trancas de ella? Ahora lo pienso y me doy cuenta de que jamás la conocí; sin embargo, sé que fue amor. Qué importa quién fuera ella, qué importa si existía de verdad o era un producto de mis fantasías, qué importa si se llamaba Julia, Juliette o Nina, qué importa eso. La quise y eso es todo. A esa edad, por suerte, uno no concede ninguna importancia a los detalles.

Pasaron días hasta que tuve noticias. No albergaba ninguna esperanza: sabía que tu abuelo no había desaparecido por voluntad propia. Pero negué la muerte de tu abuelo, la negué con todas mis fuerzas. No me lo creía. Me parecía imposible aceptar que no volvería a ver al hombre que se había convertido en mi hogar.

La sensación fue parecida a la que uno tiene cuando le dicen que debe irse de su propia casa. «¿Quién es usted y cómo se atreve a decir que Gael está muerto?», le dije a uno de los vecinos que me vino con el rumor unos días después. «Será mejor que entre en casa e intente dormir. Cuide de su hijo hasta que él pueda cuidar de usted, y no llame demasiado la atención; la guerra, en realidad, aún no ha terminado.» Eso fue lo que me repitieron una y otra vez. Estaba tan rota por el dolor que ni siquiera reaccioné cuando más adelante supe que Gael había sido asesinado por ser extranjero y por pensar diferente, por sus ideales, por su defensa de la libertad.

Cielo, cuando te pasas la vida huyendo de tus problemas, éstos acaban poniéndose delante de tus narices. No puedes huir de lo que es más grande que tú, ¿entiendes? Hay que aceptar las cosas tal y como vienen si no quieres vivir corriendo, porque eso es algo agotador, realmente agotador.

La muerte de tu abuelo estuvo a punto de partirme en dos y cambiarme para siempre. Al final, esa guerra que tantísimo odié, y que sigo odiando hoy en día, consiguió lo que más temía: arrebatarme a mi cubanito, al muchacho repeinado que se puso el traje de los domingos para declararse, al alumno enamoradizo que conquistó a la profesora, al joven que tomó decisiones de mayor para ser feliz, al hombre que se hizo niño entre mis brazos, al adulto que me acunó hasta que pude volver a conciliar el sueño. A mi amor. Esa guerra que combatimos con amor se acabó llevando al mío.

La rabia se abrió paso dentro de mi alma y durante una temporada me alimenté de ella cada día. No quise aceptarlo. Además, que hubieran acabado con su vida y que nadie diera la cara ni hubiese justicia, sólo represión contra los que no pensábamos como ellos, rompía todos mis esquemas. Estaba llena de ira. ¿Quién puede culparme por eso? Me quedaba coja, con un niño pequeño y risueño que amaba a su padre, con un trabajo que no conseguiría mantenernos durante mucho más tiempo a ambos, con un peso en el alma que me arrastraba a lo más profundo del pozo.

Estuve mucho tiempo enfadada. Mi carácter cambió con todo el mundo menos con Miguel, quien, tan chiquitín y bendito, no era capaz de comprender todavía lo que pasaba. Preguntaba por su padre y yo, que nunca le he mentido, le abrazaba y le decía que no iba a volver, que la guerra se lo había llevado. La primera vez se rio y me dijo que eso no podía ser porque le había prometido que le iba a fabricar un escudo para la espada, y papá siempre cumplía con su palabra. La segunda vez se enfadó conmigo y estuvo irritable durante tres o cuatro días. La siguiente vez que me lo preguntó fue el día de su quinto cumpleaños y le volví a dar la misma respuesta. Esa vez lo comprendió y se puso a llorar. Después, como por arte de magia, se recompuso y, con su espadita en la mano, me dijo: «No pasa nada, mamá, yo cuidaré de ti, es lo que papá hubiera querido».

¿Sabes qué hice entonces? Pensé en tu abuelo. Pensé en su bondad y en cómo lo hacía todo, buscando siempre la felicidad del otro, porque eso y no otra cosa era lo que a él le llenaba. Pensé en lo triste y culpable que se sentiría si me viera hundida, él, que llevaba mi risa por bandera. Pensé que no podía hacerle eso, ni a él ni a Miguel. Mi hijo necesitaba a alguien que le enseñara a recomponerse de los golpes más duros. Pensé también que Gael debía conocer nuestro futuro, aunque sólo fuera a través de mis ojos y no de los suyos. Se lo debía. Gael me había enseñado a vivir, no a morirme en vida.

Unos meses después de la muerte de tu abuelo recibí una llamada desde Francia. Era el abogado de Vicente. Mi tío era un hombre cariñoso y bueno, aunque algo solitario. Llevaba muchos años viviendo en el país vecino, donde se dedicaba al cultivo vinícola y a la producción de quesos y aceites. Aquello le había dado mucho dinero y se había convertido en alguien importante allí, así que no pensó en volver, aunque no se perdía ni uno solo de los acontecimientos importantes de su familia que tenían lugar en España, como mi boda.

Era un hombre muy culto. Se notaba que se había marchado pronto del pueblo y que no había pasado por la desgracia de la guerra aquí, en España. Y era un amante de la naturaleza. ¿Sabes, cariño, qué regalo nos hizo por la boda, además de los gastos del banquete? Un árbol. Nos trajo un olivo de Francia. Era pequeñito, pero sobrevivió al viaje. Vicente era experto en árboles y flores, y le explicó a tu abuelo que en muchas culturas el olivo simbolizaba la paz. Tu abuelo le abrazó, emocionado, y recitó aquellos versos de Antonio Machado que aún recuerdo de memoria:

Los olivos grises,
los caminos blancos.
El sol ha sorbido
la calor del campo;
y hasta tu recuerdo
me lo va secando
este alma de polvo
de los días malos.

Tras la boda, tu abuelo y yo trasplantamos el olivo a la parte de atrás de nuestra casa. ¿Lo recuerdas? Sí, seguro que sí. Allí pasábamos ratos largos cuando eras pequeño. Había unas tierras donde daba el sol y quisimos plantarlo allí para verlo crecer juntos. Cada semana nos acercábamos juntos a regarlo y siempre que teníamos una tarde libre de trabajo nos sentábamos a leer cerca de éste, a la espera de que algún día creciera lo suficiente para que nos cobijara su sombra. Cuando nació Miguel, tu abuelo me dijo que no era casualidad, que ese niño había venido con nuestro olivo a darnos sombra, a cobijarnos. Ahí, junto a ese arbolito, en ese lugar y no en otro, encontrábamos nuestra verdadera paz.

Lo que pasó con tu abuelo fue terrible, Gael. Una injusticia propia de la peor calaña. A veces pienso en sus asesinos y en qué es eso tan poderoso que corrompe el alma humana y convierte a personas normales en criminales. Todos nacemos limpios, ¿no? ¿Qué es lo que pasa para que algunos se quiebren y ensucien? Resulta que ese día unos desalmados le habían sorprendido con su libro de poemas de Antonio Machado y le habían propinado una paliza mortal. ¿El porqué? Ideales políticos, color de piel... Quién sabe qué diablos pasó por la cabeza de aquellos locos. Quizá sólo fuera rabia, pura violencia sin sentido. Nadie hizo nada. Nadie intervino para parar aquello. Nadie podía, ¿entiendes? En ese momento aparecieron unos militares y, en vez de poner orden, se unieron al apaleamiento, pues uno de ellos era familiar de uno de los agresores. Acabaron con su vida y se lo llevaron, esa misma noche y a escondidas, a una fosa común. En aquel momento tener contactos lo era todo, y esos bárbaros sabían dónde podían enterrarlo para que nadie descubriera el crimen.

Unos días después, unos vecinos me contaron que no habían podido recuperar el cuerpo de Gael. Se rumoreaba que alguien lo había hecho desaparecer. Unos compañeros de trabajo, testigos del asesinato, confirmaron su muerte, pero todos se callaron los nombres de los criminales, a pesar de que se sabía quiénes eran. Con los militares de por medio no se podía hacer nada. Ellos sólo pudieron recoger del suelo el cuaderno que siempre llevaba consigo y lo guardaron para dármelo. Cuando vi aquel librito casi destrozado me invadió una pena terrible. Él no habría permitido que se hiciera eso con un libro. Las semanas siguientes me dediqué a arreglarlo como pude, cosiendo las páginas y pegando los trozos rotos. Unía los versos como si nuestra historia tuviera solución.

Yo intenté hacer justicia, cariño. Me volví loca. Quise saber toda la verdad y buscar responsabilidades. De repente, el miedo de la guerra había desaparecido. Lo había perdido todo, ¿qué más me podían quitar? Me daba igual lo que me pudiera pasar si me enfrentaba a ellos. Entonces, en mitad de la conmoción, me di cuenta de que tu padre seguía ahí, mirándome con los mismos ojos de Gael. Y lo entendí: no lo había perdido todo, había perdido al hombre que me lo había dado todo. Ahora estaba obligada a seguir, quisiera o no. Y eso fue lo que hice. Los maldije cuanto pude desde la soledad de la que había sido nuestra casa, lloré a tu abuelo lo que necesité, apreté los dientes con fuerza y seguí adelante, con-

virtiendo la rabia en fuerza y la venganza en una energía descomunal que me sacaría de todo aquello, que me convertiría en una superviviente.

Una tarde, mientras arreglaba el libro, llegué al poema que tu abuelo había recitado el día que Vicente nos regaló el arbolito. Conseguí recuperarlo entero, y en ese momento decidí apartarlo. Doblé las páginas en cuatro y salí a la parte trasera de casa. Con una cerilla, le prendí fuego junto al olivo y soplé sobre las cenizas, dejando que se esparcieran por la tierra que acababa de regar.

Aquello fue un homenaje a tu abuelo, una manera de que el cuerpo que no me dieron pudiera descansar en paz en el lugar que él habría deseado. Allí descansa el alma de tu abuelo Gael, cariño: los versos que le dieron vida bajo el árbol que le da cobijo.

Vicente no se había casado ni tenía hijos, pero siempre había mantenido un trato muy especial con mi madre. Ambos crecieron en La Hiruela, al calor de las fuentes y los patios y cobijados del frío madrileño en invierno. Su madre había fallecido en un accidente en el campo y nunca conoció a su padre, así que mis abuelos se hicieron cargo de él desde pequeño. Mi madre y él, por tanto, tenían un trato de hermanos, y yo era para él su sobrina querida. Sin embar-

go, su marcha a Francia y las dificultades en cuanto a la comunicación imposibilitaron que aquella relación se estrechara más.

Volví a verlo en el funeral de mi madre. Fue un reencuentro muy emotivo: ambos nos pusimos al día y me trajo quesos, aceite y vino que nos durarían una buena temporada. Tu abuelo se quedó prendado de él de inmediato, claro. Para llegar a su corazón rápidamente no había nada como pasar antes por su estómago. Vicente también quiso a Gael desde el momento en que le conoció. Le entusiasmaban su acento y la forma tan particular que tenía de hablar de las cosas que estaban sucediendo.

Nos vimos de nuevo en la boda y ambos hablaron de Francia y de Cuba. Vicente le dijo que le daría trabajo en los cultivos y así podríamos mudarnos allí con él. Ambos estábamos emocionados con la idea. Pudimos habernos ido antes, pero queríamos que nuestro futuro hijo naciera en España.

Al otro lado de la línea del teléfono oí lo que me temía. Vicente había fallecido unos días antes por causas naturales. Sin embargo, lo que añadió mi interlocutor me dejó patidifusa, pues no lo esperaba. Si bien es cierto que Vicente siempre se había comportado conmigo de una manera generosa, yo nunca había recurrido a él en momentos de necesidad. Creo que el dinero es algo que estropea a algunas personas y sus relaciones, y ni por todo el oro del mundo iba a poner yo en riesgo el cariño de ese hombre tan entrañable. Además, entre tu abuelo y yo sumába-

mos cuatro brazos y el doble de fuerza para sacar todo adelante. No necesitábamos más ayuda.

El abogado me dijo que Vicente había puesto toda su fortuna, que en esa época era cuantiosa, a mi nombre y al de Miguel. A lo largo de los siguientes días, me dijo, me mandaría los papeles necesarios que tenía que firmar para recibir la herencia y disponer de ella. No me lo podía creer. Miré la foto de tu abuelo, que descansaba en la mesilla de noche, y por primera vez en mucho tiempo sentí alivio. Fui corriendo a por Miguel y lo abracé emocionada, con tristeza por la muerte de Vicente y con la esperanza de futuro que se nos había presentado. Finalmente sonreí. Tu padre, sin comprender nada, sólo reía y reía por ver a su madre al fin contenta. El dinero no da la felicidad, mi amor, claro que no, pero a veces lo hace todo más fácil, y a mí me aseguró, en ese momento tan frágil, poder darle a mi hijo una buena vida. Ése era motivo suficiente para sacar de nuevo la sonrisa a pasear.

En ese preciso instante tuve claro qué sería lo primero que haría con el dinero. Miguel y yo nos iríamos a Santa Clara, a la tierra de tu abuelo, a conocer sus sabores y sus olores, y lo llevaríamos con nosotros, en el alma, para que pudiera despedirse de esa tierra suya de la que siempre me hablaba. Nos iríamos de España, aunque sólo fueran unas semanas. Nos olvidaríamos de las miserias y de las injusticias, le daría a Miguel la infancia que se merecía, la vida que su padre habría querido para él. Volvería al lu-

gar donde nació Gael para poder despedirme de él. Preparé las cosas de tu padre e hice mi maleta, no sin antes coger una cajita que llevaba tiempo guardada, esperando que llegara ese momento.

Antes de irme llamé a nuestro casero. Para evitar un posible arrepentimiento si lo pensaba demasiado, le hice una oferta suculenta para comprar la casa, que aceptó de inmediato debido a la situación de precariedad económica que vivía el país. Sentí que debía salvar los recuerdos que allí se quedaban, prepararme en Cuba y volver sin miedo a que me hicieran daño. No iba a negar la existencia de tu abuelo por el dolor que me causaba su ausencia. En esa casa viviremos siempre tu abuelo y yo, Gael, estemos o no presentes. Además, si me iba de allí, ¿quién cuidaría del olivo?

—Marta, qué tal, soy Gael. Perdona que te moleste, pero es que... En fin, he tenido que salir y me he dejado las llaves dentro de casa. Me he acordado de que te di una copia hace un tiempo y... bueno, me preguntaba si podría acercarme a tu casa a por ellas, ya que tú no las necesitas... Así me ahorro el cerrajero. Dime algo cuando escuches el mensaje, ¿vale?

Colgué el teléfono y me senté en la escalera del portal a esperar su contestación. La escena no dejaba de ser algo ridícula. Hasta el último momento, Marta seguía siendo la llave para entrar en mi casa, literal y metafóricamente.

Un rato después me llegó un mensaje; en él Marta me pedía que fuera a su casa entre las siete y las ocho de la tarde. Recordé que su padre solía trabajar hasta bien entrada la noche.

El abdomen me ardía, así que, para hacer tiempo, me fui a la farmacia y compré los analgésicos que me habían recetado en el hospital. Me tomé una pastilla y me encaminé hacia su dirección. Sólo tenía ganas de llegar a mi casa y esperar tumbado a que terminara aquel día tan penoso.

Mientras caminaba, me di cuenta de lo que realmente estaba ocurriendo. Había pasado meses encerrado en casa, consumiéndome, deprimido porque sólo la buscaba a ella y no la encontraba por ninguna parte. Entonces, de repente, el día que había decidido dar un paso adelante, salir de aquel vacío y dejar de buscarla, Marta había aparecido de nuevo en mi vida debido a una casualidad fatídica, sin que nadie la llamara y, mucho menos, sin que quisiera encontrarla. ¿Qué sentido tenía todo aquello? ¿Debía buscarla para no encontrarla o debía tratar de olvidarla para que hiciera acto de presencia? ¿De eso se trataba? ¿De desear justo lo contrario para que sucediera? Me costaba encontrar la respuesta a esas preguntas.

Entonces recordé una conversación que había mantenido con mi abuela unos cuantos años atrás. Fue la primera vez que me habló de la muerte de mi abuelo Gael. Cuando charlábamos, mi abuela siempre me cogía de la mano, aunque solía dirigir la mirada a otro lugar, como si estuviera hablándole al aire —ese que la llevó de un sitio a otro—, pero sin querer soltarme.

Dora siempre sonreía al hablar del abuelo. Al hacerlo, los ojos se le inundaban de una chispa que era muy complicada de ver si no la estabas escuchando. Cuando lo hacías, la comprendías. Era una mujer enamorada de sus recuerdos, con la sencillez que eso implica y las consecuencias que acarrea. No le hacía falta nada más. No necesitaba a mi abuelo, ya no; le dio tanto en vida que la dejó llena incluso cuando murió. Me sorprendió que sonriera también en ciertos momentos al hablarme de su muerte. Admiraba que lo recordara desde la felicidad de haber pasado esos años con él y no desde la tristeza de haberlo perdido siendo ambos tan jóvenes. Mi abuela vivió tantas miserias que se convirtió en una experta de la belleza. Sabía reconocerla y se quedaba con ella, aunque fuese mínima en comparación con la desgracia.

Ese día, mi abuela me confesó que cuando le dijeron que el abuelo había muerto estuvo a punto de perder la cabeza de manera irreparable. Resulta que un grupo de trabajadores afines al régimen no soportaban a mi abuelo, no consentían su extranjería, aunque tuviera un papel de la embajada que lo protegía, ni mucho menos toleraban sus ideales republicanos, por todos conocidos pese a que llevara muchos años manteniéndolos en silencio.

Cuando me lo contó, sacó de uno de los cajones de la mesilla de la habitación que le habían asignado en la residencia un libro casi deshecho, amarillento y con las páginas despegadas. Pasó las hojas con sumo cuidado y aparecieron ante nosotros cientos de versos subrayados con lápiz. Aquel libro fue lo único que quedó de mi abuelo esa noche, lo único que llevaba encima en el momento de su muerte. Parecía que su corazón seguía latiendo en esos versos subrayados por su propia mano.

Recuerdo que, mientras me lo contaba, los ojos pequeños y enrojecidos de noventa y tres años de Dora se llenaron de agua. Una lágrima enorme cayó sobre una de las hojas del libro e, instintivamente, me apretó con fuerza la mano, asustada. Me produjo muchísima ternura ver cómo trataba, por todos los medios, de mantener intacto el último recuerdo físico de mi abuelo.

Soplé sobre la lágrima para secarla y, con delicadeza, cerré el libro y lo guardé de nuevo en la mesilla. La calmé y le di un beso en la mano. Entonces, ya más serena y tras una pausa, sonrió y me dijo que el día que le contaron todo aquello, justo cuando estaba a punto de partirse en dos, cuando esa existencia que había llevado hasta entonces iba a transformarse en otra bien distinta, la de uno de esos fantasmas en vida que tanto rechazaba, el abuelo se le apareció en forma de rayo y le dio la fortaleza para no caer, para no derrumbarse ante su muerte, para seguir, por él y por Miguel, mi padre, y por todos los árboles que vinieran detrás, me dijo, porque nosotros somos las semillas.

Fue algo complicado conseguir el permiso para salir de España y viajar a Cuba. Yo era una mujer, viuda, con un niño a mi cargo, que quería cruzar el océano, y eso era algo que no estaba bien visto en esa época. Además, mi historial tampoco ayudaba demasiado. Aquella cruz al lado de mi nombre en los documentos de los maestros depurados me perseguía, me señalaba como culpable de algo que nunca hizo daño a nadie.

Sin embargo, el dinero abrió todas las puertas. Soborné con generosidad al funcionario de turno, ya que no quería que por nada del mundo se truncara aquel viaje, y conseguimos el permiso. Muchos venden las normas por cuatro monedas.

Aquello se había convertido, esta vez sí, en una huida hacia delante. Afrontaba mi dolor con entereza. Me adelantaba al futuro con decisión, y con valentía lo esperaba, dispuesta a dialogar con él. Sabía que ese viaje sería doloroso, pues a mi lado viajaría el vacío, lleno de esa ausencia enorme con la que convivía. A pesar de ello, no tenía miedo, ya no. ¿Sabes, Gaelito? Cuando una pierde lo que más quiere, se convierte en alguien sin miedo. Cuando una conoce el dolor de cara, experimenta el sufrimiento más cruel y horroroso, ve el mundo desde el suelo, sabe que no existe nada peor y cambia todo. El ánima, sí, pero también la manera de enfrentarse al mundo.

La partida de tu abuelo me dejó un vacío que jamás se ha vuelto a llenar, pero del mismo modo también me hizo abrir los ojos y ver la vida como lo que es, algo impredecible, un instante que hay que habitar exprimiendo todas sus posibilidades. A veces la muerte se convierte en un canto a la vida.

Miguel estaba ilusionado por el viaje a Cuba. La desaparición tan violenta de su padre le había hecho crecer de golpe y, por suerte, comprendía muchas cosas sin necesidad de que yo se las tuviera que explicar. De niño, tu padre era inquieto, vivaz, muy inteligente y con una sensibilidad especial que Gael supo dejarle en herencia. El viaje a la tierra natal de su padre le ponía contento. Tu abuelo, en muchas ocasiones, le había hablado de sus vecinos de allí, de sus amigos del colegio y de cómo eran las calles de Santa Clara, llenas de algarabía y de perros callejeros que se acercaban a ti en busca de comida.

Llegamos a finales del verano de 1945, después de un año muy duro y complicado en España. La temperatura era alta y lo primero que hicimos fue buscar un sitio donde alojarnos. Gael me había hablado mucho de sus calles y no nos fue difícil reconocer la zona donde había vivido. Las casas eran de colores pastel muy suaves, rosa floral, azul turquesa, verde aguamarina, y había un bullicio alegre al que ya me había desacostumbrado. Aquella vitalidad me llenó de energía. Los vecinos de la zona eran hospi-

talarios y muy amables, y enseguida nos ayudaron a encontrar dónde quedarnos. Reservamos unos días en la Posada Adela, donde nos dieron la mejor habitación que les quedaba disponible.

Entonces empezó nuestra aventura.

El acento de los habitantes de la zona me traía a Gael a cada instante. Al principio fue duro, porque en sus caras veía el rostro de tu abuelo y en sus voces parecía que era él quien me hablaba. Más de una vez me sorprendí buscándolo entre las gentes. Me sentaba en un banco con Miguel y mientras él comía fruta yo me quedaba mirando las puertas de los establecimientos esperando verlo aparecer con un ramo de flores o con una bolsa llena de libros o con un pastel. Me imaginaba que se dirigía hacia nosotros, me cogía entre sus brazos y bailábamos juntos al son de algún bolero que él se ponía a tararear mientras Miguel se reía y cantaba con nosotros, y todos se nos quedaban mirando, risueños, al tiempo que alguna vecina exclamaba: «Hay que ver qué felices son los jóvenes de hoy en día». Esos pensamientos, más que tristeza, me producían cierta calma. Había conseguido cumplir lo que nos habíamos prometido, aunque fuera en mi imaginación y él no pudiese verlo.

Pasaron los días y decidí ponerme en marcha para encontrar las respuestas que había ido a buscar a Santa Clara. Quería conocer todo aquello que me había perdido de su vida, buscar a sus conocidos, a la gente que lo vio crecer. Necesitaba saberlo todo de él para poder despedirme.

Pregunté a Adela, la dueña de la posada, por el apellido de Gael: Castellanos. Le di más detalles, como el año en que nació, los nombres de sus padres o la panadería en la que trabajaban. Con mucha amabilidad, me dio la dirección de un vecino de la zona que podría ser familiar de tu abuelo y, preguntando a unos y a otros, conseguí dar con él.

Era un hombre anciano, cubierto de arrugas, tendría la edad que tengo yo ahora. Hablaba de manera pausada y dulce. Un bastón de madera acompañaba su cojera.

Se llamaba Gabriel Castellanos.

Nada más abrir la puerta y ver a Miguel, Gabriel abrió los ojos como platos.

—Yo conozco a este vejigo —me dijo—. Estos ojos los he visto yo en esta isla hace muchos años.

Hizo una pausa para dejarnos pasar y, con lentitud, cerró la puerta y nos invitó a sentarnos mientras él hacía lo mismo.

—¿Quién eres tú, vejigo? ¿De dónde vienes? ¿Quién te trae?

—Me llamo Miguel, señor, Miguel Castellanos. Vengo de España con mi mamá, que se llama Dora, y hemos venido porque aquí nació mi papá, Gael —le contestó de carrerilla sin soltarme la mano.

—Perdone que le molestemos —le dije tímidamente—. Yo soy Dora, la viuda de Gael Castellanos. Hemos venido desde España hasta aquí para conocer el lugar donde nació mi difunto marido, conocer su historia y podernos despedir. He preguntado por su *apellido en la posada en la que nos alojamos y me han dado su dirección. Espero que no le hayamos importunado.*

Charlamos durante horas. El destino, por una vez en esos últimos años, quiso ser magnánimo. Aquel hombre, Gabriel, resultó ser el abuelo de Gael, es decir, tu tatarabuelo, Gaelito. Se conmovió al conocer nuestra historia y me confesó que llevaba años sin saber de su hijo. Le conté que él también había fallecido. A mitad de la conversación, saqué la cajita que había metido en la maleta y se la di. Dentro estaba el reloj del padre de Gael, el mismo que se había puesto el día de nuestra boda y había guardado con recelo el día después para evitar que se lo robaran. Emocionado, con los ojos ancianos anegados en lágrimas, lo cogió y me agradeció haberle llevado esas noticias, aunque fueran trágicas, y me dio una lección de vida que jamás olvidaré.

—¿Sabe usted una cosa? —me dijo—. Estoy a punto de morir y, si me permite la confesión, estoy listo para hacerlo. Llevo años esperando que aparezca la pelona por una rendija y me diga: Gabriel, llegó tu hora, compadre, así que vámonos. Yo ya no le tengo miedo a nada, muchacha. La vida me regaló una mujer hermosa que me amaba y me hizo feliz dándome un hijo igual de hermoso. Ella enfermó y murió demasiado pronto, pero no tardé en entender que, aunque ya no estuviera, seguía al lado mío, entendiendo mi pena y mi dolor, pues mi mujer era la única que podía hacerlo y por eso la necesita-

ba conmigo, aunque no la tuviera de frente. La situación política se llevó a mi hijo a otro país y pronto dejé de saber de él. En sueños, le veía junto a mi nieto. Eso me aliviaba. Sin embargo, Dora, debo confesarle que, durante un tiempito, deseé cada día de mi vida que apareciera la muerte y me llevara con ella. Todos aquellos a los que amaba terminaban perdidos. Pensé que, si desaparecía, volverían. Quise mi muerte para salvarlos, ¿comprende?, pero jamás tuve el valor necesario para acabar conmigo y calmar el dolor. Siempre fui tremendo cobarde, impropio de este apellido nuestro. —Sonrió dando una palmadita sobre la espalda de Miguel, que se entretenía jugando con un gato callejero que se acababa de colar en la casa por la ventana—. Además, una parte de mí mantenía la esperanza de ver aparecer a mi hijo por la puerta con el niño al lado, como ahora ha hecho usted con mi bisnieto, que tiene mi apellido y los ojos de su abuelo. Y ahora siento, corazón, que al fin se acabó tanto sufrimiento. Ha venido buscando respuestas, pero en verdad me dio las que yo necesitaba. Ahora que está usted aquí, ahora que sé los caminos de mis arbolitos, esos que plantamos mi señora y yo, gracias a usted, puedo ir en paz y reunirme con todos ellos y dejar este apellido y su semilla en sus manos y en las de este hijo suyo tan hermoso. Quédense con el reloj. Déselo a mi bisnieto en su casamiento. Que lleve siempre con orgullo y honor nuestro apellido. Que lo lleve allí donde vaya.

Estaba a punto de llegar a la ubicación que marcaba el móvil y me vino a la cabeza una frase que me había dicho Marta, a propósito de la relación con su padre, un día que se me antojaba ya muy lejano: «Aquello de lo que huyes te persigue toda la vida».

Ella decía que, desde que su madre había fallecido, la falta de cariño de su padre se había convertido en una obsesión. Sentía que, estuviera donde estuviese, la sombra de aquel vacío no le permitía dar más de ella a nadie. Deseaba zafarse de aquella necesidad imposible, pero, bajo su punto de vista, ya era demasiado tarde.

Tenía razón. No sirve de nada huir de lo que nos persigue porque la mayoría de las veces somos nosotros mismos los que nos perseguimos. Nuestros problemas, la culpabilidad, el vacío, la falta de algo que es todo, el arrepentimiento, la cobardía, el rencor, los errores, todo eso con lo que nos castigamos según vamos cumpliendo años forma parte de quienes somos. Nos define y nos moldea, nos ayuda a tomar decisiones en el futuro, a abrir puertas y a cerrar ventanas, a confiar de nuevo y a poder identificar el daño cuando aparece, a aprender a reconocer cuándo nos hemos vuelto a equivocar —porque lo haremos— y a aceptar que no pasa nada que no tenga solución si nos hacen daño. Debemos aprender a perdonarnos, pues ésa es la gran falta del ser humano. El perdón a uno mismo.

Y eso se da cuando, con valentía, nos enfrentamos a aquello que nos persigue. Hay que saber parar, darse la vuelta y escucharnos con paciencia, tratar de entendernos, aprendernos y perdonarnos por el daño que hemos hecho y el daño que hemos dejado que nos hicieran. Es la única manera de sobrevivir.

Y ahí estaba yo, en la puerta de casa de Marta, haciendo frente a mis fantasmas, con ganas de decirles adiós de forma definitiva, cogiendo aire a pesar del dolor de costillas que, gracias a la medicación, iba menguando poco a poco. Ese mismo dolor que me llevaba, de modo inevitable, a otro dolor que iba también desapareciendo paulatinamente.

Más tarde lo aprendí: ese dolor no se cura con analgésicos, ni con alcohol ni con la persiana bajada ni con tristezas continuas. No. El dolor del alma sólo se cura con el perdón.

Gabriel no se equivocaba. Me había dado las respuestas que necesitaba y, además, me había regalado una lección magistral. Me vi reflejada en sus palabras y en su historia. Él también había perdido a su mujer, pero además su hijo había tenido que marcharse lejos con su nieto. Llevaba solo prácticamente la mitad de su vida y, a pesar de ello, ni se había rendido ni había renunciado a seguir, y todo por la esperanza de que volvieran y lo encontraran en el mismo sitio en el que estuvo siempre: esperándolos.

La esperanza es maravillosa y trágica a la vez, ¿no crees, cariño? Puede salvarle la vida a uno, pero también condenarle durante un largo tiempo a la existencia más miserable. No te voy a mentir. Ha habido muchas ocasiones en las que he deseado que todo se rompiera de golpe y que dejaran de sonar los relojes. He perdido la fe, he abierto las palmas de mis manos para no poder agarrarme a nada y he cerrado los ojos porque con ellos abiertos no veía lo que deseaba. Han sido muchas más ocasiones de las que quisiera reconocer, es cierto. Sin embargo, siempre estaba ese rayito, esa mota de luz que me abría los ojos, ese destello que convertía la caída al vacío en un salto hacia delante. ¿Era por Miguel? ¿Era por el recuerdo de Gael, que no me dejaba caer? ¿O era, acaso, la esperanza, una esperanza inocua y sorprendente, lo que me mantenía en pie? No lo sé, no sé qué era, pero Gabriel llevaba toda su vida esperando a que abrieran la puerta, y aquel día, pocos meses antes de morir en paz y satisfecho, apareció por fin en su casa su bisnieto, y él estuvo allí para recibirlo, pudo estar allí gracias a su fe. La esperanza le salvó la vida. ¿Lo ves?

La esperanza es maravillosa y trágica a la vez. Sin duda, así es.

DÍA ONCE SIN TI

ME HE OLVIDADO DE QUE TE ESTABA OLVIDANDO Y TE HE OLVIDADO

Aquélla fue la última vez que vi a Marta.

No fue tan complicado como pensaba. Fue triste, sin duda. Más allá del hecho de tener que ir a su casa a pedirle la copia de las llaves, fue triste por lo que significaba. Nos habíamos amado como niños, nos habíamos tocado como animales, nos habíamos despedido sin dejar de querernos, nos habíamos reencontrado, tropezando el uno con el otro, con más olvido que amor en el cuerpo y, por último, nos habíamos dicho adiós definitivamente. Lo peor de una relación cuando termina es que lo haga de verdad. Que no haya ganas, que no sea algo impuesto u obligado, que, simplemente, no salga lo que antes brotaba con vida y sin esfuerzo.

El portal era uno de esos nuevos con lámparas que se encienden automáticamente al notar la presencia de alguien por medio de algún tipo de sensor. Mientras la esperaba fuera vi cómo se encendían. Marta tardó unos segundos en aparecer. «Las personas brillan, pero necesitan algo que las alumbre», me había dicho una vez Dora. Me froté las manos, nervioso, y le hice un gesto para saludarla. Marta me sonrió forzadamente con las llaves en la mano y abrió la puerta, aunque no salió de inmediato. Se quedó dentro del portal durante unos segundos, mirándome.

Entonces cogió aire, bajó el escalón que separaba el portal de la calle y me dio un abrazo. En esta ocasión fue ella la que me estrechó entre sus brazos, la que contuvo mi cuerpo, y no al contrario. Se inclinó ligeramente hacia atrás, instando a que mi espalda se relajara y dejase caer todo mi peso sobre ella. Lo hice. Me relajé y me dejé caer. Y sentí por primera vez que si lo hacía no caería sobre vacío. Respiré profundamente e intenté buscar mi propio perdón en su abrazo. La paz. Aquélla era su manera de decirme, sin palabras, que yo también debía darme una oportunidad.

—Perdona, ¿eh? He intentado entrar en casa de mil formas, pero no he podido. Y entonces me he acordado de la copia que te hice.

—No te preocupes —dijo, esquivando la mirada y tendiéndome las llaves—. ¿Cómo llevas los golpes?

—Ah, bien —mentí—. Ninguna molestia. Ya sabes que soy un tipo duro.

—Claro. —Sonrió. Tras una pausa, añadió—: Esta mañana he hablado con Raúl y, bueno, creo que el enfado le durará una temporada.

—Es normal —le dije, sin saber si se refería a la pelea o a nuestro encuentro de la noche anterior—. Si sirve de algo, puedes decirle que no volveré a molestar.

—No pasa nada —me contestó—. A veces las cosas no terminan como desearíamos. Tampoco creo que exista un final feliz para todo. —En ese instante dirigió sus ojos azules hacia mí. Estaban extrañamente apagados—. Siento mucho si te he hecho daño, de verdad. He sido muy feliz contigo, en serio, y te he querido mucho. Y he sentido siempre lo mucho que me querías, lo bien que lo hacías, y lo sé porque no estoy acostumbrada. No sé, quizá el problema haya sido que nos hemos encontrado en momentos distintos y no hemos sido capaces de reconocernos. Qué sé yo.

—Yo también te he querido, Marta, y sé que tú me has querido a mí. Lo sé... —titubeé—. Yo a ti te he querido tanto que a veces me he olvidado de mí mismo. ¿Sabes por qué lo sé? Porque no he sido capaz de vivir sin ti. No podía soportarme solo y sin ti. No podía. Te he odiado durante mucho tiempo por no haberte quedado a mi lado. Después he sido consciente de que ese odio era en realidad contra mí mismo por no haber sabido retenerte.

Me torturaba cada día pensando en qué había fallado, aunque al final he aprendido que uno debe quererse por lo que es y no por lo que proyecta en los demás, porque puede que tus necesidades no coincidan con las mías; es más, no lo hacen, pero eso no nos convierte ni a ti ni a mí en los culpables de esta guerra. —Miré a un lado de la calle, intentando deshacer el nudo que se había formado en mi garganta.

—Claro que no. Cada uno vive las relaciones de una manera, Gael. Aunque sea cosa de dos, la pareja también debe ser uno. Creo que ninguno es responsable de que esto no haya salido bien, y torturarnos por ello no merece la pena. —Marta me acarició el brazo con ternura.

—No, no ha sido culpa de nadie... El amor no corta cabezas ni señala. Nos hemos querido y debemos quedarnos con ese amor, no con los reproches y el rencor. —Respondí a su caricia abrazándola brevemente. El cariño enterraba por fin el hacha.

—Sí... —Suspiró—. Me habría gustado tanto que hubiera funcionado... Pero yo no estaba bien, por eso me fui. Quise ser sincera contigo sin hacerte daño, y no siempre se puede. —Se quedó callada durante unos segundos que, por primera vez, no se me hicieron eternos sino necesarios—. Y lo de ayer... Me dejé llevar porque era lo que creía que tenía que hacer y tampoco salió bien. A veces tengo la impresión de que destrozo todo lo que toco y que hago daño a la gente que menos lo merece.

—Eres buena, Marta, créeme, debes perder ese miedo que te tienes y darte una oportunidad. Afloja un poco. Creo, de verdad, que sólo debemos huir del daño que es intencionado. Todos cometemos errores, hacemos daño a los que más queremos precisamente porque los amamos, y no siempre acertamos. Pero eso no nos convierte en malas personas. Yo te conozco y te he visto ser tú desde el primer día, cuando me pediste sin conocerme que chillara contigo, todas las noches que huías a tu casa para no dormir conmigo y no convertir aquello en algo serio, o la vez que te quedaste dormida sin querer y ya no saliste de mi cama. Te conozco, y sólo necesitas darte un respiro, confiar en ti misma y dejarte querer. No todo el mundo te va a dejar sola ni te va a querer mal como tu padre, ¿vale?

Marta se mordió el labio inferior y miró al suelo, como hacía cada vez que evitaba llorar. Aún no se había dado cuenta de que una lágrima que no se derrama es una incógnita que no se resuelve.

—Está bien —musitó—. Gracias.

Nos abrazamos de nuevo. Estuvimos así durante unos momentos. Mi cabeza se había acomodado en su cuello y me sentía seguro en ese olor suyo que aún no había borrado de mi olfato. Sabía que aquélla sería la última vez que la vería y no quería quedarme con la sensación de no haberla aprovechado. Sentí que los dos, en ese último abrazo, nos dábamos las gracias.

—Bueno, supongo que se acabó. Ya no tienes excusa para volver a llamarme —dijo Marta tras separarnos, tratando de romper el hielo.

—No tendrás esa suerte —le respondí, siguiéndole la broma—. Que te vaya bien, Marta. Gracias por las llaves.

—Gracias a ti por todo lo demás —contestó.

Le guiñé un ojo y me marché. Caminé hacia el metro con las llaves en la mano. Era tarde y no me apetecía andar. Las pastillas habían hecho efecto por fin y el dolor había menguado considerablemente. El peso del alma también. En casi todas las ocasiones, el primer paso para aceptar el fin de las cosas es poder despedirse de lo que uno más quiere, y eso no siempre es posible. También es necesaria la comprensión, entender por qué han acabado, encontrar un motivo que nos permita continuar con lo nuevo, eso que tanto miedo da.

Por mi parte, por suerte, empezaba a entender a Marta y sus motivos para romper conmigo.

Nos quedamos en Cuba hasta principios de 1948.

Lo cierto es que habíamos ido con intención de pasar unos días y al final fueron tres años. Aquella tierra era tal y como me la había descrito tu abuelo: amable, generosa y llena de color. Su gente me enseñó a sobreponerme, a hacerme más fuerte, a coger el fruto del árbol más alto, como me dijo una vez Adela.

Ella era una mujer de mi edad. Tenía dos hijos de los que Miguel se hizo muy amigo al alojarnos nosotros en su posada: la pequeña Adelita y Santiago. Una noche en la que no podía dormir salí a dar un paseo. Apenas llevábamos una semana por allí. Corría una brisa agradable y la calle estaba llena de gente. Me encontré a Adela en un portal, fumando un cigarrillo, y me invitó a sentarme con ella. Me contó que el negocio era suyo. Había decidido abrirlo al separarse de su marido, que era quien trabajaba y llevaba el dinero a casa, por lo que temió verse sin nada para sus hijos y para ella. Me dijo que al principio fue complicado, pero que poco a poco y con ayuda de los vecinos consiguió hacerse un nombre, y ahora la Posada Adela era una de las más frecuentadas por los turistas.

Me preguntó por la situación política en España, ya que las noticias que llegaban hasta allí eran mínimas. Hablamos de la guerra, y también de su historia familiar y de cómo había sacado a sus niños adelante. Su calidez y ternura a la hora de hablar consiguieron que me confesara con ella. Me di cuenta de que no le había hablado a nadie de la muerte de Gael, no lo había podido compartir con ningún amigo, pues el dolor era demasiado intenso por dentro como para sacarlo. Me daba pánico ponerle palabras. Sin embargo, Adela y su acento, igual que el de tu abuelo, me hacían sentir como en casa. De pronto era agradable tener a alguien con quien charlar.

Le conté que la guerra había partido nuestro país en dos. Le dije que una bandera con la que yo llevaba tiempo sin sentirme identificada había separado a ambos bandos y los había lanzado con violencia y sin sentido uno contra otro. Le dije también que seguía amando mi tierra, aunque ésta estuviera enferma y empapada de sangre inocente. Le conté mi historia, el amor que había vivido con tu abuelo, cómo había acabado todo. Adela me preguntó a qué me dedicaba en España antes de la guerra y le dije, con cierto pesar, que era maestra y que recordaba aquella época como una de las más felices de mi vida, pero que la dictadura me había represaliado y ya no podía ejercer más mi profesión.

En ese momento, Adela me cogió de la mano y la apretó fuerte. Me miró a los ojos y me dijo:

—Adora, m'hija *—a ella le gustaba llamarme así—, recién andan buscando un maestro en la escuela del barrio. No hay muchos niños, pero los que hay son tremendos. Puedo hablar con Tomás, el director, que lo conozco, seguro que les resultas de gran ayuda. Así puede empezar Miguelito también las clases acá. ¿Qué te parece?*

¿Qué me iba a parecer? Recuperar mi trabajo, mi vocación, aquello que una vez fue mi razón de ser, me parecía un sueño. Me sentí muy feliz, aunque algo desconcertada. Volví a la posada después de darle un abrazo enorme a la que se convertiría en mi amiga del alma, y me quedé toda la noche despierta, pensando en lo que podría pasar si el director aceptaba.

Me cuesta horrores, Gaelito, pedir ayuda. Esta vida mía me ha convertido en una superviviente solitaria. No obstante, siempre he dado gracias a aquellas personas que saben leer a las demás, que escuchan su socorro silencioso y acuden sin más objetivo que darles auxilio. Esa gente, esos que llamo lectores de almas, es a la que debes tener cerca.

No me llevó mucho tiempo decidirme. Llevábamos pocos días en Santa Clara, pero me sentía a gusto y veía contento a Miguel. No quería pensar en España y en lo que allí me esperaba. No estaba tu abuelo, así que no existía ningún motivo de peso que propiciara mi vuelta más allá de la misma añoranza.

A la mañana siguiente le pregunté a Miguel si le apetecía pasar una temporada en la tierra de su papá, hacer nuevos amigos, ir a la escuela y aprender cosas diferentes. Emocionado, se puso a dar brincos como un saltamontes y me pidió, por favor, que nos quedáramos. «Aquí hace muy bueno, mami, y la gente siempre está feliz», me decía. Gaelito, no te haces una idea de cómo me salvó la inocencia de tu padre. Te diría, incluso, que me devolvió la mía.

¿Sabes qué es lo verdaderamente importante, mi vida? Caminar. Solemos caer en el error de pensar que es obligatorio ir hacia un sitio definido, conocer la dirección del lugar al que vamos, tener un destino claro y escoger el rumbo que nos lleve hacia él lo más rápido posible. ¿Y qué sucede cuando no sabemos hacia dónde vamos? ¿Qué ocurre cuando no encontramos nuestro sitio, cuando el mundo nos da la

espalda y de pronto nos sentimos perdidos, rechazados, abandonados? ¿Qué debemos hacer entonces? No existe un lugar al que podamos acudir cuando nos sentimos así. ¿Sabes qué es lo que hay que hacer en ese momento? Debemos caminar, dar un paso tras otro, da igual hacia dónde, da igual de qué manera mientras avancemos. Qué más da la dirección hacia la que uno camine, lo importante es no quedarse quieto. ¿Sabes por qué? Porque el paisaje, mi amor, es lo más valioso. Pararse es como cerrar los ojos. No te haces una idea, Gaelito, de cuántas cosas hermosas colman los lugares que aún no conocemos.

Conseguí el puesto y, contagiada por el entusiasmo de todos, empecé las clases. El director estaba emocionado, pues allí valoraban mucho a los profesores españoles. Todo fue de maravilla. Volví a sentirme útil y me volqué en el trabajo. Recuperé la alegría que me daba enseñar. No tardé en hacerme con los alumnos, que me preguntaban llenos de curiosidad por mi tierra. Miguel hizo numerosos amigos que querían saberlo todo del país del que venía. No sabes lo feliz que fui.

Por supuesto, echaba de menos a tu abuelo. Una barbaridad. Aún hoy no he conseguido quitarme esta sensación de estar viviendo yo sola una vida de dos que se me quedó en el cuerpo cuando murió. Pero te voy a ser sincera: tampoco lo he intentado demasiado. Creo que debemos permitirnos echar de menos. Si lo que me queda de tu abuelo son estos recuerdos, ¿por qué voy a deshacerme de ellos? No quiero ol-

vidarle. Tú me entiendes, ¿verdad? Sé que muchos esperaron que rehiciera mi vida, entre ellos tu padre, porque pensaron que era lo que necesitaba. Y tuve mis ocasiones, es cierto. Las disfruté. A algunas les hice hueco y a otras les di mi cariño. Pero ninguna de ellas fue suficiente, cielo, ningún hombre consiguió que lo mirara como miraba a tu abuelo: como si todas las veces fueran la primera.

Tomás se enamoró de mí como un loco, me prometió una vida feliz a su lado, allí en Cuba, cariño y amor para Miguel y para mí, pero sólo pude darle mi compañía y una amistad sincera. No fue por Gael, te lo aseguro. Sé que él hubiera querido lo mejor para mí y para nuestro niño, aunque eso pasara por los brazos de otro hombre. Lo conozco tanto que puedo asegurarte que es así. No he vuelto a estar con alguien sencillamente porque no lo he sentido, porque ya viví el amor una vez y aún continúa dentro de mí. Tu abuelo me hizo sentir tanto que su hueco, esa parte de mí que le di y que le pertenece, sigue lleno. Por eso acudo a él, a estos recuerdos que me quedan, a este corazón que aún se acelera cuando oye su acento en otra boca o cuando recupera un olor casi olvidado o cuando ve sus manos en las de mi nieto, y lo siento aquí, conmigo, escuchándome. Y pienso que lo he hecho bien, que he vivido por los dos y he conseguido lo que siempre soñamos. Lo entiendes, ¿verdad? Lo echo de menos, claro que sí, añoro a mi cubanito. Te voy a decir una cosa, cariño, que he terminado por compren-

der: sólo la vida puede acabar con el amor. La muerte, nunca.

Una vez leí en algún sitio que el amor es una especie de fe: dos tienen que creer en él para que exista. No se puede obligar a nadie a que crea, de igual modo que no se puede juzgar al que no lo hace. Cada uno tiene sus trucos para sobrevivir.

Tiempo después, lo que recordaría de aquel impacto cuando ya sólo quedara de él una marca de guerra en el cuerpo —algo de lo que, en cierto modo, sentirse orgulloso, pues era una prueba de supervivencia— sería el ruego que habitaba en los ojos de Marta durante su confesión. Después de contarme la historia tan trágica de su infancia —la muerte de su madre, el maltrato de su padre, todo aquello que de alguna manera explicaba cómo era ella—, el modo en el que me dijo que no podía estar conmigo sonó casi a súplica. Me había explicado su historia para que la entendiera, para que comprendiese sus limitaciones. Su daño era un escudo contra el que era imposible luchar. Marta tenía demasiadas cicatrices.

Sus palabras buscaban, también, un alivio propio. Me atrevo a decir que, como en la mayoría de las confesiones, perseguía el perdón sin arrepentirse del pecado. Pero ¿acaso no funciona así la vida? En algún momento, alguien inventó la expresión *lo siento*, que, en teoría, sirve para borrar la culpa, pero que sólo traslada algo peor al que tiene enfrente, *yo sí que lo siento*.

¿Cómo se perdona un daño? Asumiéndolo, no hay más. Sintiéndolo dentro, permitiendo que duela, dejando que pase. No debe olvidarse, pero tampoco puede convertirse en una excusa que dure más que el propio tiempo. De igual modo, el culpable también debe aceptar su error y vivir con él, sí, aunque es igual de esencial deshacerse de esa culpa. Aprender de ella, pero no esconderse en ella.

Es complicado, pues estamos preparados para recibir las cosas buenas y nadie nos enseña a lidiar con los dobleces. No obstante, a veces pienso que la vida es una hoja que se presenta en blanco ante nosotros cuando nacemos y que vivir no es más que ir llenando ese papel con tachones. Es una utopía pretender que esa hoja se mantenga intacta e impoluta, tanto la propia como la de quien tenemos al lado.

Dora solía decir que las piedras están ahí para tropezar con ellas, no para hacernos cambiar de camino. A mí me gusta la gente que enseña sus heridas, que no oculta sus errores, que se presta a contarte su historia sin maquillarla. Auténtica en sus formas. Ese tipo de gente que no decide por ti, que no te advierte sobre sus fracasos, sino que se presenta y antes de darte un beso te dice: «Llevo huyendo toda mi vida y es probable que algún día también me vaya de aquí sin ti, pero ahora sólo quiero estar contigo».

Hubo un tiempo en el que quise besar todos los errores de Marta porque la habían traído hasta mí. Sin embargo, hay otras distancias que no tienen nada que ver con la culpa, y ésas sí que son insalvables.

Cuando llegué a casa ya había oscurecido. Di las luces y justo entonces la descubrí observándome desde una esquina del salón. La escultura de Marta me esperaba, estática, tras la puerta. Me asustó. Tenía una mirada desafiante y algo irónica, como si llevara todo ese tiempo sabiendo, sin ningún tipo de dudas, que iba a aparecer. Me quedé mirándola durante unos minutos, respondiendo a su provocación. Quería resistirme y no ceder ante ella. Quería creerme capaz de abandonarla. Quería no sentir la necesidad de terminarla. Sin embargo, impasible ante mi firmeza, no cambió el rictus. Era ella o yo. Ambos lo sabíamos. Tenía que terminarla si no quería que ella acabara conmigo. Debía decirle adiós definitivamente. Si la dejaba incompleta, la arrastraría toda mi vida y ya no podría nunca soltarla de la mano.

Entonces me miré las palmas de las manos y cogí aire.

Caminé hacia ella con decisión. Todo había empezado con esa escultura y sentía que no podía dejarla a medias. Era ella. Su piel de tierra había cobrado vida bajo mis manos, sus gestos se escondían bajo esa armadura llena de ángulos. Todo el amor que fui capaz de darle latía dentro del corazón de aquella mujer de barro. No era justo dejarlo ahí encerrado, latiendo cada vez más despacio, incapaz de salir, ahogándose en su propio aire. Cuando el amor se termina, el cuerpo amado se convierte en una cárcel. No quería ese destino para lo que Marta y yo habíamos tenido. Ninguno de los dos nos lo merecíamos.

Necesitaba poner en marcha aquel proyecto que había empezado con ella y había terminado conmigo, y así lo hice. Me puse manos a la obra y terminé de moldearla. Perdí la noción del tiempo perfilando sus caderas, modelando el rostro, acariciándole el vientre, tallando esas piernas ya inalcanzables que no volvería a ver cruzadas. Observé cómo se secaba su piel de arcilla. Lo hacía con demasiada rapidez y me agrietaba las manos. Lo sufrí, pero al mismo tiempo sentí que, por fin, se abrían todas las ventanas.

Pasaron horas hasta que la pude finalizar. El dolor de costillas había vuelto, aunque me acostumbré a él. En cierto modo, me hacía sentir vivo. Al terminar la escultura noté cómo se resquebrajaba algo —no sé bien el qué— dentro de mí y, al mismo tiempo, otra parte de mi interior se reconstruía. Y es que, recordando el dolor que había sufrido, comprendí que había estado profundamente enamorado de Marta, más de lo que pensaba. Qué angustia, darte cuenta de que amas a alguien cuando te hace daño. El amor no debería funcionar así; sería mucho más sencillo dejar de querer a la persona en cuestión en el momento en que te lastima. Pero no, es un sentimiento que se intensifica cuando todo pierde equilibrio y peligra. Por eso el amor y el dolor van siempre de la mano, y uno no debe obsesionarse con evitarlo.

Al mismo tiempo, y quizá eso fue lo que más sentí, me di cuenta de que ya no estaba enamorado de ella. Con el fin de la escultura acabó el amor. Percibí cómo el muro que había construido se caía poco a poco, ladrillo a ladrillo. Se deshizo con total parsimonia, como si no quisiera que me perdiese detalle del derrumbe. Detrás de él vi a Marta de nuevo. Estaba de pie, desnuda, como el primer día. El cabello detrás de las orejas, la rodilla doblada y temblorosa, los ojos azules clavados en el suelo. Se mostraba sin ropa, modelo para mis alumnos. Sin embargo, esa inaccesibilidad había desaparecido, ya no la rodeaba un halo de misterio y sus ojos eran de un solo color. Había dejado de brillar con tanta fuerza; acaso desprendía un leve reflejo, pero no me resultaba extraño. Su cuerpo, inmóvil, me enseñaba paisajes que ya conocía y pronto se perdió entre el murmullo de la clase la brisa del mar que salía de su boca cuando la abría, esa misma brisa que yo había visto en otras ocasiones. Estaba ahí, frente a mí, en el mismo lugar de siempre, pero extrañamente disfrazada de otra cosa. Era ella y, a la vez, no lo era.

Si hay algo peor que olvidar a quien amas es amar a alguien que ya no existe. Efectivamente, tras el muro, Marta ya no era Marta. Se parecía quizá a alguien que fue, pero ya no era ella. Yo había amado a la Marta que estaba conmigo, la que me quería y se dejaba querer. Aquella Marta con ganas de alumbrar todas las partes oscuras. Valiente, frágil y decidida. Así había sido conmigo y así me había enamorado. Ahora Marta era otra, ni mejor ni peor, sino diferente, tal vez porque yo ya no la miraba igual y veía en ella cosas desconocidas hasta entonces.

¿Son las personas como las vemos? Pensaba que sí. Por eso a veces es tan fácil enamorarse: sólo hay que saber mirar y encontrar lo que uno busca. ¿Alguien es capaz de imaginarse cómo funcionaría el mundo si viéramos exactamente igual a todas las personas? Seguramente, y sin ánimo de ser catastrofista, sufriríamos una guerra eterna. La diferencia es fundamental para evolucionar. De esta manera se puede, aunque cuesta, dejar de estar enamorado de alguien pese a que nunca lo dejemos de querer. Sólo hay que saber verlo como lo que es en este momento, y no como lo recordamos cuando lo amábamos. Ése es el truco. Eso es lo que yo creo: el amor se termina cuando hay más recuerdos que sueños.

¿Es entonces la persona amada un reflejo de lo que necesitamos? Puede ser. ¿Y acaso es eso algo malo?, ¿algo que no podamos admitir porque nuestro ego no nos lo permite? Nos da miedo reconocerlo porque sabemos que no depende de nosotros. A mí no me costaba decir en voz alta que quería a Marta, que la había amado desde la punta de los pies hasta el último poro de su frente. No obstante, jamás había reconocido que la necesitaba. Y puede que, en el fondo, eso fuera lo que me había faltado. La necesitaba cuando la quería porque alumbraba partes de mí que yo mismo desconocía. Cuando estábamos juntos, aprendí a quererme a través de sus ojos. Me hizo desear convertirme en un tipo feliz y bueno, y sentí que lo merecía. Cuando se marchó, tuve que aprender a quererme a través de mis propios ojos. Y también lo conseguí. Me costó hacerlo sin ella, fue complicado sin duda desprenderme de esa necesidad que provoca el amor y que no debe confundirse con dependencia. Fue como quitar los ruedines de la bicicleta y pedalear libre y, al mismo tiempo, seguro.

Yo lo logré. Aquélla fue, también, su enseñanza.

Durante esa época en Santa Clara también aprendí a vencer la culpabilidad. Unos meses después de llegar, una vez asentada, empecé a tener la misma pesadilla noche tras noche. En ella me encontraba con Miguel en el barco, a punto de partir hacia Cuba, y al momento aparecía una figura diminuta en el puerto, corriendo, con el brazo levantado, haciendo gestos para que el barco se detuviera. Gritaba alto y fuerte, pero yo era la única que lo oía. Entonces me fijaba en su rostro y descubría el de Gael. Nerviosa, llamaba a la tripulación, cogía del brazo al marinero más cercano y le gritaba al capitán que esperase, que Gael se había quedado en tierra y que no podía irme sin él. Sin embargo, nadie me escuchaba.

Cada noche me despertaba igual: sobresaltada, empapada en sudor y con el corazón cabalgando como un salvaje. Lo primero que pensé fue en qué hacía allí sola, en la tierra de mi difunto marido, sin más intención que la de ver pasar por delante de mis ojos una vida que jamás sería nuestra. Me martiricé creyendo que era Gael y no yo quien debería estar ahí, en su casa, con mi hijo. ¿Por qué había llevado allí al niño? ¿Qué narices tenía en la cabeza? ¿Qué creía que iba a encontrar? En ese momento me sentí terriblemente culpable por no haberlo acompañado, por no haberme ido con él. Me había dado su vida entera y yo no había sido capaz siquiera de pensar en acompañarlo tras su muerte. ¿En qué me convertía aquello?

La culpabilidad me torturaba noche tras noche. Una mañana decidí contarle a Adela mi pesadilla. Le había cogido cierto pavor a dormir y mi aspecto era un desastre. Adela me lo notó enseguida y aquel día me preguntó cuál era mi tormento, qué era lo que me pasaba. Se lo expliqué y ella, después de prepararme un café, me dijo:

—Adora, mi niña, las pesadillas las carga el diablo. ¿Crees que Gael se dejaría llevar por el diablo

a tus sueños? Estoy segura de que no. Ah, ¿por qué no conviertes esa pesadilla en sueño? Yo creo que tu Gael, allá donde esté, se está intentando comunicar contigo. Quizá sólo desea decirte adiós, mi niña, quizá sólo te persiga en sueños para que tú también te despidas y cojas ese barco y puedan decirse adiós. Tienes que enfrentarte a eso, Adora, en tus propios sueños. Tienes que escuchar lo que vienen a contarte, ¿tú me entiendes?

Adela tenía razón. En más de una ocasión, la vida nos pone a prueba mandándonos algo que a primera vista parece dañino, lo que consigue que desconfiemos y no queramos recibirlo. No obstante, el truco reside en darle la vuelta, en cambiarle el significado. No se trata de sacar lo positivo de algo negativo, sino de convertir una amenaza en un salvoconducto. En definitiva, transformar lo que es en apariencia malo en algo sustancialmente bueno.

Del mismo modo, también aprendí que, cuando alguien que amas muere, tienes que convertir en voluntad la culpabilidad que sientes por ser el que sigue con vida. Hacer de esa vida rota un nuevo paisaje y darte cuenta de que, de otro modo, no lo habrías conocido. Buscar motivos, aunque sean absurdos o alejados de la realidad, para aprender a caminar de nuevo por otro lugar más sombrío quizá, pero lleno de una luz nueva que merece la pena conocer.

Así me reconcilié con la muerte. Fui consciente de que todo en la vida son ciclos. La propia naturaleza, con sus cuatro estaciones, es un claro ejemplo.

La semilla que se planta en invierno acaba floreciendo en primavera para secarse en verano. En otoño todo se vuelve a cubrir de hojas, los árboles desnudos pueblan el invierno y se visten de nuevo en primavera. Y así cada año. Con el amor también ocurre. ¿No es acaso el mismo proceso repetido a lo largo de nuestra existencia? Amamos a nuestros padres, a nuestros amigos, a nuestras parejas, a nuestros hijos, a nuestros nietos, que a su vez nos aman hasta que nos despedimos del mundo. Pero todo ese amor se queda en la tierra, lleva nuestro nombre y sigue dentro de aquellos a los que hemos querido porque ahí seguimos vivos.

Cuando nos rompemos, resurgimos. Cuando olvidamos, recordamos. Cuando nos enamoramos, nos recuperamos. Y cuando morimos, sí, también vivimos.

Pasé los siguientes meses trabajando en la exposición que tendría lugar unas semanas más tarde en la galería de Andrés. Había decidido llamarla «Días sin ti». Irónicamente, parecía un resumen de la última época de mi vida.

Mis padres me prestaron algo de dinero, que les devolvería con las ganancias de la exposición, así que pude dedicarme a ello a conciencia y sin agobios de ningún tipo. El arte en este país no es algo fácil, no da ningún tipo de respiro, pero confiaba en mi trabajo y sabía que merecía la pena. Por fin había recuperado el latido y encontrado de nuevo la pasión. Aquel proyecto me hacía feliz.

La exposición, tal y como había decidido nada más escuchar la proposición de Andrés, consistía en doce bustos que expresaban, por parejas, las etapas de una relación que acaba en ruptura: uno siente que el mundo se acaba, pero lo que sucede es que empieza uno nuevo. Pretendía representar a través de ellas lo que ocurre cuando, en mitad del vuelo, te sueltan; y es que uno no se cae, sino que aprende a volar.

La primera etapa era la ilusión. La pareja de expresiones correspondientes mostraba dos rostros amables que se miraban el uno al otro manteniendo una distancia prudencial, casi alerta, pero con ganas de devorarse. Debajo, la siguiente frase:

Hay un pájaro recién nacido abandonado en el alféizar: déjame, amor, abrir la ventana.

La segunda etapa era la del enamoramiento. En este caso, los dos bustos estaban colocados cerca, tan cerca que la nariz de uno chocaba con la del otro, y si mirabas el conjunto desde un lateral parecía que constituían una única figura. La expresión era de plenitud y la forma de mirarse reflejaba valentía. Si hubiera colocado uno de espaldas al otro, habría parecido que el segundo lo seguiría a cualquier parte del mundo con los ojos. El epígrafe decía lo siguiente:

¿Ves ese pájaro? Esas alas suyas son las mismas con las que me alza este aire que respiramos.

La tercera fase correspondía al amor. Esta vez había decidido que las esculturas interactuaran. Coloqué una de lado, con la cabeza ligeramente recostada sobre el hombro de la otra, que, a su vez, apoyaba la mejilla sobre su cabeza. El soporte era mutuo. Sus expresiones irradiaban tranquilidad. Escribí:

Mira cómo vuela, mi vida, mira cómo se eleva, tan tranquilo, entre las nubes; mira, cariño, lo lejos que va, y mira, corre, mira cómo se sabe el camino de vuelta, mira cómo vuelve a casa, míralo.

La cuarta etapa era la de la ruptura. En esta fase, los bustos estaban separados. Cada uno miraba en una dirección distinta y, a pesar de estar relativamente cerca, no mantenían ningún tipo de contacto. Parecían extraños. La expresión era de tensión; mostraba defensa. El rictus era serio y nada amable. La frase que acompañaba esta etapa era la siguiente:

Se ha caído, ha chocado contra algo y se ha roto un ala, lo he visto, ¿lo has visto tú?, no estabas mirando, ¿por qué?, se ha caído, ¿habrá muerto?, lo he cogido y no respira.

La penúltima etapa era la del duelo. Los dos bustos seguían separados, pero esta vez los coloqué dándose la espalda. Ambos semblantes eran de tristeza absoluta: los ojos miraban hacia atrás disimuladamente; la boca, como si estuviera llena de silencio, era minúscula, y toda ella reflejaba un abatimiento atroz. Era una escena desoladora. El epígrafe era:

No sé cuidarlo, ¿cuánto aire necesita un ser tan pequeño?, trato de darle el mío y no funciona, no es suficiente, trato de alzarlo al cielo y no se mueve, lo voy a dejar aquí, entre mis manos, hasta que encuentre el modo de rescatarlo.

La última fase, la que cerraba la exposición, era la de la curación. En esta ocasión, los bustos volvían a mirarse de frente. Sin embargo, había en ellos algo que los diferenciaba de los anteriores: las esculturas no tenían rostro. Les faltaban los ojos, la nariz, la boca. Se miraban pero no podían verse. La frase que los acompañaba decía lo siguiente:

¿Cuánto ha pasado? Mucho tiempo; ha debido de ser demasiado porque no me siento las manos, voy a abrirlas, estará bien, aquí sólo hay aire y el aire ya no puede hacerle ningún daño, míralo, ya no puedes verlo, pero yo sí, se está alzando, está remontando el vuelo, ya no hay daño, ya no hay miedo, está volando de nuevo.

Los días previos a la inauguración, Andrés se pasó por casa, que era donde yo trabajaba desde que me habían echado del taller. Se quedó maravillado con el trabajo y me contagió su ilusión.

—Eres un gran escultor —me dijo—. Va a ser un éxito, ya verás. Te lo mereces. De aquí a las grandes salas de exposiciones de Nueva York, Londres, París... A ti te van a estudiar, tío, fíjate en lo que te digo. Tienes algo especial.

—Anda, cállate, Andrés —reí—, cómo se nota que eres mi amigo.

—Tú tienes el don y yo, la confianza. Somos un buen equipo.

En ese momento posó su mirada sobre la escultura de Marta. Llevaba meses en una esquina de la sala, tapada. Apenas le había prestado atención. No sabía qué hacer con ella.

—¿Eso es...? —titubeó.

—Sí, es la escultura de Marta. La terminé hace tiempo, pero no sabía qué hacer con ella. ¿La quieres?

Andrés se quedó mirándola, sin atreverse a tocarla.

—Joder, tío. Parece real. No sé si me gusta o me inquieta. Sólo la vi el día de la exposición de aquel gilipollas, pero es idéntica. Increíble. ¿Qué vas a hacer con ella?

—No lo sé, no lo he decidido aún. Sentí la necesidad de terminarla y lo hice, pero ahora no sé dónde meterla. Abandonarla me parecía de mal gusto, así que ahí está, esperando a que alguien decida por mí —le dije como distraído—. ¿Te la quieres quedar?

—Tengo una idea mejor. La expondremos en la galería. Es demasiado buena. Seguro que alguien la compra y te olvidas definitivamente de ella a cambio de un buen pico. No todos podemos presumir de ganar dinero olvidando a una ex, ¿eh?

—Qué tonterías dices —le dije riendo—. La pasta me viene bien, sí, pero yo no esculpo sólo por dinero. Este trabajo me da la vida, en serio. Me acompaña. Me ha servido para canalizar todo el dolor y la rabia que sentía, convirtiéndolos en algo que creo que es bueno. No sé qué haría si no pudiera esculpir. Además, esa escultura de Marta... No quiero ganar dinero con ella. Llévatela y haz lo que quieras, ¿vale?

Volvimos a Alhama a mediados de febrero de 1948. Lo primero que hice fue salir a la parte trasera de nuestra casa para ver el olivo. Nuestro olivo. Debía de haber llovido durante esa temporada, pues estaba resplandeciente, con más brillo del que le recordaba. Me senté a su sombra con Miguel y, bajo una manta, nos acurrucamos durante unos minutos, descansando del viaje. Quería recuperar el olor de mi hogar.

Esa tarde me fui a ver a algunos vecinos, amigos que todavía vivían por allí, para darles unos regalos que había traído de Cuba. Es extraño, pues parecían las mismas personas de siempre a pesar de los años que habían pasado. Sin embargo, a mí el viaje me había convertido en otra persona distinta; o, mejor dicho, me había traído de allí la mejor versión de mí misma. Les conté mi aventura y todos coincidieron en que me veían mucho mejor, más guapa incluso, y se alegraron por ello.

Es extraño, pero cuando uno está feliz siente el deseo de compartirlo con todo el mundo, incluso con desconocidos. ¿Quién no ha sentido, presa de una felicidad absoluta, incontenible e inabarcable, el impulso de darle un abrazo a un señor en mitad de la calle, de dejar una propina generosa al camarero impertinente del bar de la esquina, o de canturrear sin vergüenza bajo la lluvia, como en las mejores películas? Sin embargo, cuando estamos tristes hacemos esfuerzos sobrehumanos por disimularlo, como si la tristeza fuera algo de lo que debemos avergonzarnos. Parece que si uno dice que está triste, los demás van a huir de él como de la peste, lo van a señalar y van a hacer gala de esa falsa compasión tan común en nuestros días, cuando lo único que quieren es irse a sus casas y respirar aliviados porque, esta vez, la pena ha pasado por delante de ellos sin tocarlos. Y es que, justamente, el problema es ese mismo. La gente intenta buscarle una solución inmediata a la tristeza, pero pocos saben que no es así como actúa. A la tristeza hay que dejarla entrar cuando llama a la puerta, preguntarle los motivos y dejarla que los cuente, sin prisa, sin urgencia, sin interrumpirla ni un momento. Entonces, sólo entonces, cuando termine, se marchará. Así funciona. La tristeza es un sentimiento solitario y también es un consuelo. Pero eso es algo que sólo sabemos los que hemos estado tristes de verdad.

La mañana siguiente, después de recoger todos los trastos del viaje, me encaminé hacia el Juzgado Superior de Revisiones, una unidad administrativa que se había creado para revisar los casos de los maestros depurados por la dictadura. El día antes me había encontrado con Ignacio, un oficial que resultó ser uno de mis alumnos de años atrás. Emocio-

nado, aunque algo avergonzado, me reconoció que se había sentido desolado al encontrar mi nombre en el registro de los profesores sancionados. Me recordaba como una gran maestra. Me confesó que en su momento había intentado mediar para absolverme, pero que no le fue posible por lo estricto de la depuración. En mi expediente figuraba mi relación con tu abuelo siendo él alumno, ya que nuestra historia era de dominio público y muchos vecinos de la ciudad donde nos conocimos nos guardaban cierto recelo, por lo que no dudaron en contarlo. Además, yo siempre había defendido a la República en las aulas antes de que estallara la guerra y, aunque después aprendí a hacerlo con disimulo, mis palabras ya estaban dichas. Con algo de esperanza, me dijo que haría lo que fuera necesario para compensármelo, pues yo había sido la mejor profesora que había tenido durante su infancia y no quería que la nación perdiera a una maestra como yo. Me habló de este juzgado y me dijo que él me ayudaría a convencer al tribunal de que merecía recuperar mi trabajo. Para conseguirlo, me pidió discreción y valor. Mis ganas de recuperar un puesto en la docencia eran tan inmensas que accedí sin dudarlo.

La revisión transcurrió bien. Aporté la documentación que necesitaban y les enseñé una recomendación escrita a mano por Tomás y que firmaban varios directores —entre ellos varios amigos suyos— en la que se me ensalzaba como una excelente profesora que había llevado el conocimiento español a la tierra cubana. Junto con el testimonio de Ignacio, esa carta fue suficiente para que los funcionarios que conformaban el jurado accedieran a devolverme mi puesto.

Así pues, volví al colegio, a mis clases, a aquella rutina tan maravillosa previa al desastre que viví en mi veintena. Volví a sentirme valorada en mi país. Me costó, pero aprendí a perdonar el daño que me había causado la guerra. Supe sobreponerme y derrotarlo a base de dosis de alegría. Porque ésa, cielo mío, es la única forma de superar las cosas: poniéndote de pie y haciéndote más grande que ellas. Seguro que esto ya te lo he dicho en más de una ocasión, ¿verdad?

Fue así como viví los últimos años de la posguerra y el inicio de la apertura del régimen franquista: en la escuela, con Miguel ya crecido y el país, en general, más calmado. Después todo cambiaría para bien, llegó la democracia. Y también vendría tu madre, llegarías tú, Gaelito, y el círculo se cerraría de nuevo.

Yo me recuperé, cielo. No me tiembla la voz ni los recuerdos al decirte que volví a ser feliz. ¿Sabes cómo? Valoré todo lo que tenía y también lo que había tenido, que eso es algo que nunca hay que olvidar, aunque sea parte del pasado. Dejé que mi vida me diera lo que tenía preparado para mí. Me di un respiro. Recobré el aire. Es una costumbre tonta que tenemos las personas: recordamos lo que tenemos cuando perdemos algo. A mí sólo me faltaba tu abue-

lo, sí, pero no en mi corazón; ahí sigue siempre el suyo.

La exposición fue un éxito. Se corrió la voz y mi nombre comenzó a sonar por las galerías madrileñas. La de Andrés, a la que éste había decidido ponerle el nombre de El Parking, se llenaba prácticamente todas las tardes. Yo estaba feliz. Recibía muchísimos mensajes de gente alabando mi trabajo y eso me turbaba y me alegraba al mismo tiempo. Cuando exponía, tenía la manía de no aparecer por la sala. Siento que la presencia del artista puede condicionar al que la ve, por eso prefiero no dejarme ver. Además, me puede la vergüenza.

Sara, la profesora de la universidad que me había conseguido el trabajo en el taller, me llamó para proponerme de nuevo dar clase. Me disculpé con ella por mi actitud de unos meses atrás y le di las gracias por su amabilidad, pero rechacé su oferta. Mi vocación no era ser maestro, como mi abuela. Sentía que manchaba ese nombre. Yo quería ser escultor y dedicar mi vida a ello. Confiaba en mis posibilidades, aunque el camino fuera difícil. Había encontrado el latido del que me había hablado mi abuela y no pensaba soltarlo.

Unas semanas más tarde, recibí una llamada de Andrés.

—Tío, ¿cómo estás? Tengo novedades, dime cuándo podemos vernos.

Aquella tarde apareció por mi casa para darme una noticia que cambiaría mi vida por completo.

—Tengo dos cosas que contarte —comenzó—. El otro día, cuando llegué a la galería, me dijo Sandra, la encargada, que esa mañana se había pasado por allí una mujer. La galería estaba cerrada, pero al verla insistió en entrar. Dijo que estaba muy interesada en la compra de una escultura y que no podía volver en otro momento. Sandra pensó que querría alguna de las de la exposición, pero la mujer la cortó y le señaló otra. Colega, esa tía firmó un cheque por una cantidad astronómica de pasta para comprar la escultura de Marta. Dijo que el dinero no era problema, que su padre se dedicaba a los negocios. Sandra dice que era joven y muy aturullada, muy extraña, no sé. Ah, y que se parecía muchísimo a la mujer de la escultura. El caso es que yo le había dicho a Sandra que esa escultura, aunque no formara parte de la exposición, también estaba en venta. Y lo hizo, tío. La vendió.

Me quedé en blanco, sin reaccionar.

—¿Y qué es lo otro? —le pregunté para sacudir el pensamiento que se había clavado en mi mente.

—¿Cómo dices? —me respondió.

—Me has dicho que querías contarme dos cosas. ¿Cuál es la segunda?

—Ah, sí, claro. A ver. Sé que no querías saber nada de la pasta, que no querías ganar nada con esa escultura. Lo sé, ¿vale? Me acuerdo. Pero hace un par de días recibí una llamada de la galería Colette Dubois. Sabes cuál te digo, ¿no?

Asentí. Era una galería en pleno centro de París que acogía exposiciones noveles, pero bastante importantes. El sueño de todo escultor en sus comienzos. Los nervios se incrementaron.

—Me dijeron que les habían llegado recomendaciones de tu exposición «Días sin ti» —continuó— y que estaban interesados en trabajar contigo. Quieren proponerte que expongas allí. Además, quieren meterte en un programa de prácticas becado por el Ministerio —me dijo, con una sonrisa enorme—. Te lo dije, tío. Vas a triunfar.

—¿En serio? No será una de tus bromas, ¿no?

—Joder, ¿crees que bromearía con algo así? Mira, yo sé cómo son estas cosas. Dejar tu país, irte lejos, solo, empezar de cero... Sé que cuesta. Empiezas con toda esa tontería de pros y contras y te olvidas de que lo que te está esperando al otro lado es lo que llevas soñando toda tu puñetera vida. Además, París está aquí al lado. Y te pega, con lo bohemio que tú eres —añadió, echándose a reír—. Así que, querido amigo mío —anunció con tono solemne—, he decidido echarte una mano y empujarte un poquito, que falta te hace. Sé que no querías saber nada de la pasta de la escultura de Marta, pero, mira, yo no me voy a quedar con ese dinero, no es mío, te pertenece a ti, te pongas como te pongas. Y como sé que te vas a negar a aceptarlo, he decidido por mi cuenta comprarte un billete sólo de ida a París y alquilarte un apartamento cojonudo al lado del Sena para que trabajes. Es flipante, te va a encantar. Creo que te puede venir bien para pasar página del todo. A mí me ayudó irme a Londres cuando mis padres murieron. No es cobardía, son ganas de seguir adelante. Además, París debe de ser pura inspiración para los artistas, ¿no? Puedes empezar a esculpir *croissants*. —Rio—. El resto de la pasta la tengo aquí, en un sobre, para que puedas ir tirando unos cuantos meses mientras curras. Te vas en dos semanas. Y tranquilo, he cogido un apartamento grande para ir a visitarte y quedarme a darte el coñazo. Estoy orgulloso de ti, tío. Lo vas a hacer genial.

Lo primero en lo que pensé nada más escuchar a Andrés fue en Dora y en lo feliz que se habría puesto.

Seguro que me habría dicho algo así: «¿Ves, Gaelito? El que busca encuentra, mi niño, y el que se permite buscar se encuentra a sí mismo».

Me temblaba todo. Era mucha información en poco tiempo. No obstante, eran nervios buenos, de esos que preludian un comienzo, algo grande.

—Joder, Andrés. No sé ni qué decir. Gracias por todo, eres un buen amigo. —Le abracé con fuerza. Admiraba a ese tipo y cómo se levantaba y levantaba a los demás.

—Calla, capullo, que sabes que soy de lágrima fácil —contestó emocionado.

—Me pregunto dónde estará la escultura —comenté en voz alta un rato después, aunque creía conocer la respuesta.

—Ni idea —dijo Andrés—. Sea quien sea quien la haya comprado, te ha hecho un favor de los grandes.

¿Sabes qué creo? Que ganamos. Que fuimos nosotros los vencedores. Que sobrevivimos los dos, tu abuelo y yo, cogidos de la mano. Que pudimos estar juntos cuando nadie nos lo permitía porque el corazón fue la única bandera por la que dimos la vida. Que nos enamoramos a pesar de todo y gracias a ello. Que llenamos nuestras vidas de primeras veces inolvidables y le plantamos cara al olvido con la valentía de dos muchachos que sólo querían estar juntos, nada más. Que encontramos la paz en una guerra que nunca fue nuestra. Que pudimos ver nacer a tu padre mientras fuera se sucedían los disparos; que pudimos criarlo juntos unos años, los justos para que él aprendiera del suyo para poder enseñar a su hijo, que eres tú. Que combatimos la guerra con amor, y cuanto más nos golpeaba, más amor le dábamos, porque estábamos llenos de él, porque hay amor por todas partes, mi vida, porque la sombra que deja es tan alargada que uno puede tumbarse sobre ella y descansar sin miedo a que se vaya. Porque el amor es lo único que no nos abandona nunca y por eso nosotros no debemos abandonarlo jamás. Lo entiendes, ¿verdad? Es importante que lo hagas.

Eres un buen chico, estás lleno de claridad, cariño mío, yo la veo. Algún día vivirás tu propia historia. Conocerás a alguien que latirá de un modo distinto al resto, te besará y sentirás que nada de lo que has vivido hasta entonces es tan eterno como ese instante. Te amará y pensarás que no hace falta nada más, y serás tan feliz que verás destellos por todas partes. Aprovecha todo eso, todas esas sensaciones tan absolutas que le hacen a uno caminar por encima del suelo y creerse pájaro. Hazlo, guárdalo en tu memoria, porque es posible que ese amor termine, que esa emoción abandone tu cuerpo, que el tiempo deje de mecerte en sus olas benévolas. Hazlo, porque es posible que el mundo se detenga contigo corriendo dentro y será entonces, en ese momento de oscuridad absoluta, cuando debas abrir las manos y recuperar todo eso, toda la belleza que el universo te dio una vez y sigue dentro de ti, todo lo hermoso que late dentro de tu alma. Tendrás que volver a todo eso, mi vida, tendrás que hacerlo por ti, tendrás que sacarlo de dentro y ponerlo en tus manos y por todo tu cuerpo, y dejar que tu propia luz te abrace, y conocerte otra vez, y darte otra oportunidad, y empezar de nuevo, mi amor, como los árboles.

DÍA DOCE SIN TI

HE CONOCIDO A ALGUIEN, SOY YO. VOY A DARME UNA OPORTUNIDAD

Hoy he vuelto al mismo sitio de siempre por primera vez.

Hoy he vuelto al mismo sitio de siempre, pero nada es igual.

Había olvidado el frío que hace en España. El invierno en París es más duro, sin duda. Las bajas temperaturas se cuelan por debajo de la ropa y tras las rendijas de las puertas, y salir por las mañanas a comprar el pan se convierte en un acto heroico. Sin embargo, la novedad le saca a uno del ensimismamiento y le echa de golpe a las calles. Es lo que tiene llegar a un lugar limpio de recuerdos.

Me acuerdo del primer año allí. Parecía que la ciudad se había vestido de gala para mí. El acento francés tiene el don de convertir las conversaciones en una suave melodía que acompaña tus paseos. La gente es amable y siempre hay alguien dispuesto a ayudarte o, simplemente, desearte un buen día. No tardé en dejar de sentirme solo.

Hay músicos callejeros, miles de libros de segunda mano y ese agradable olor a mantequilla que desprenden las pastelerías que te encuentras a cada paso. Los callejones esconden esquinas anaranjadas bajo las farolas y la gente camina sin prisa. Eso es algo que me llama mucho la atención, porque esa pausa a la hora de andar convierte la prisa caótica de una capital en un dulce recorrido por el mundo. En ese país prestan atención a la vida, eso es lo que creo después de tres años viviendo en París.

La exposición en la Colette Dubois fue un éxito. El público allí es realmente agradecido. El primer año estuve trabajando en la galería gracias a la beca, y al poco me ofrecieron una exposición permanente cuyas ventas me permiten vivir de mi trabajo. Son tres años ya sin parar haciendo lo que más me gusta, esculpir. Hice caso a mi abuela: busqué y encontré mi latido.

Andrés me visitó unas semanas más tarde de mi marcha y se emocionó al ver lo que estaba consiguiendo, en parte gracias a él. El Parking en Madrid iba bien, pero no tanto como él esperaba. En

España no hay casi apoyos institucionales y las ayudas son escasas. La cultura no está tan valorada como en otros países, aun siendo ésta una necesidad humana, un vehículo de transporte espiritual y de aprendizaje. Le propuse que vendiera la galería y se viniera conmigo a París a probar suerte. Para entonces, yo ya tenía algunos contactos y no sería tan difícil conseguir un local y algún artista con talento para inaugurarlo. Juntos empezaríamos de cero, nos apoyaríamos y nos ayudaríamos a salir adelante, como siempre habíamos hecho.

Un par de meses más tarde, Andrés se mudó a mi casa, la misma que él había alquilado para mí un año atrás. Le conseguí un local en pleno centro y, con lo que le quedaba de dinero por la venta de la otra galería, lo restauró. Viendo el afán de los franceses por la repostería, se le ocurrió incorporar una cafetería. Un acierto. Ahora, la Galería A & G es una de las más cotizadas por los artistas de la zona. El frío parisino es duro, sí, pero no lo suficiente como para que te quedes en la cama.

Llegué anoche. Aterricé en Madrid y mis padres vinieron a buscarme al aeropuerto. Llevaba casi dos años sin pisar España, pero ellos habían ido unas cuantas veces a París a visitarme. Nuestra relación había mejorado sustancialmente a raíz de mi marcha. Aprendí a echarlos de menos, a confiar en ellos y a volver a darles la mano alguna vez, como cuando era un niño y salíamos de paseo. Supongo que influyó el poder sentirme realizado con la vida que había escogido y ver, así, el orgullo en sus ojos. Lo cierto es que quiero compartir todo con ellos mientras estén. No es justo culpar a los padres de nuestros propios fracasos, nos apoyen o no, del mismo modo que tampoco es justo obligar a un hijo a vivir una vida que no le pertenece. Es esencial, a la hora de relacionarse, conocer la diferencia entre lo que es mejor para uno y lo que es mejor para otro. Lo primero se sabe y lo segundo sólo se piensa. Y yo ahora sé lo importante que es tener cerca a alguien que ya ha pisado por los mismos sitios que tú.

Ha sido raro, pero creo que lo necesitaba. Si lo pienso, no hay tanta diferencia entre el frío francés y el español. Es sólo que aquí laten cientos de recuerdos que me congelan un poco por dentro. Pero está bien, todo está bien, el frío es necesario, igual que lo son los regresos a los lugares donde uno se ha dejado el corazón. Hacen falta tiempo, distancia y ganas, por ese orden, aunque debe hacerse. Uno no debe perder de vista quién ha sido.

Me vuelvo en un par de días. He dejado una escultura a medias y he de regresar para acabarla a tiempo. Tengo mucho trabajo, pero debía venir.

La semana pasada recibí una llamada de mi padre. Estaba más emocionado que nunca. Le acababan de llamar, por fin, de la Asociación para la Recuperación de la Memoria Histórica. Mi padre llevaba buscando el cuerpo de mi abuelo Gael ocho años, y durante los últimos meses las llamadas por parte de la Asociación habían sido recurrentes. Parecía que habían dado con él, pero necesitaban realizar algunas pruebas genéticas, así que estábamos todos pendientes del teléfono. Mi padre había conseguido dar con uno de los hijos del compañero de trabajo y familiar del militar que había propiciado la pelea y éste había compartido con mis padres la información necesaria para emprender la búsqueda de los restos de mi abuelo. Con la ayuda de los voluntarios de la Asociación, parecía que íbamos a poder recuperar su cuerpo y darle su justo y merecido descanso. Ahora ya, por fin, sabíamos el lugar donde se hallaba y podríamos llevarlo junto a mi abuela Dora, tal y como ambos hubieran deseado.

Hoy es el décimo aniversario de la muerte de mi abuela y voy a ir al pueblo, a ese lugar donde esparcimos sus cenizas. Antes bajábamos mucho a Alhama, pero cuando mi abuela se mudó a la residencia dejamos de hacerlo. Mi padre conoció a mi madre en Madrid y se fue a vivir con ella a la capital, donde yo nací. Sin embargo, siempre pasábamos los veranos y las Navidades en el pueblo, con mi abuela Dora. Recuerdo esos días con la nostalgia de los tiempos felices, despreocupados, limpios. Nunca vendimos la casa por expreso deseo de mi abuela, que quiso que la mantuviéramos. Ahora, sin ella, se había convertido en un lugar al que acudir cuando necesitáramos sentirnos a salvo, igual que lo fue para ellos. De algún modo la calidez de mis abuelos se seguía respirando dentro de esas paredes blancas.

Dora recordaba todas las fechas con exactitud. Era de esas personas que no sólo se acuerdan de los días, sino que son capaces de decirte en qué momento de la semana ha ocurrido tal o cual acontecimiento. Dora era capaz de muchísimas cosas. Su memoria era maravillosa y su sensibilidad cambió mi manera de ver el mundo.

La echo muchísimo de menos, aunque no la recuerdo con pena. Hay otros sentimientos mucho más fuertes que la pena cuando se trata de mi abuela. Cuando pienso en ella, me siento afortunado, orgulloso y tranquilo. Se fue rozando los cien años, dormidita en su cama de la residencia, tan menuda y llena de color como siempre. Debajo de su almohada descubrimos doblada en cuatro partes una foto de mi abuelo Gael.

Me siento orgulloso por ser su nieto y por haber podido escuchar a tiempo esta historia de su boca, con las manos apretándome con fuerza y con sus ojos viendo los de mi abuelo en los míos. Me siento orgulloso por haberla conocido, por haberle hecho un hueco entre las prisas del mundo porque ella se merece todos los espacios, porque la llevo siempre, a mi abuela, a Dora, latiendo en mi sangre. Me siento orgulloso por ser su *Gaelito*. Me siento orgulloso por tener sus palabras dentro de mí, porque sólo debo volver a escucharla para encontrarme.

Me siento orgulloso porque Dora fue una luchadora, una defensora, una mujer que multiplicó su fuerza para resistir todos los golpes que le dio la vida. Me siento orgulloso, porque se plantó ante lo que no le gustaba, porque hizo siempre lo que quiso a pesar de todo y porque sé que volvería a hacerlo aun sabiendo lo que le deparaba el destino. Me siento orgulloso por su forma de levantarse, de dejar su huella sobre la tierra y por su falta de miedo a enseñar el corazón al mundo. Me siento orgulloso por toda la sabiduría que ha dejado. Me siento orgulloso porque, a pesar de haber vivido cosas terribles, la ternura, la bondad y la candidez se mantuvieron intactas en su voz.

Y también me siento tranquilo porque sé que se fue en paz, esa paz que tanto buscó. Sé que dejó aquí, para todos nosotros, los recuerdos con los que convivió durante su vida, y ese gesto le permitió morir en calma. Dora vivió su vida hasta cuando se la arrebataron. No ha habido mujer en el mundo más valiente que ella.

Aprendí de sus pasos, de su alegría y de sus aciertos, del mismo modo que aprendí de sus heridas, de su tristeza y de cómo usaba los recuerdos como sitios a los que volver cuando el frío hace daño.

Un frío como el que hace hoy en el pueblo y que azota la pared trasera de la casa de mis abuelos. El olivo está muy crecido. He descubierto una ramita minúscula nueva que me ha recordado a aquel tatuaje de Marta. Me pregunto qué tamaño tendría cuando el tío Vicente se lo regaló a mis abuelos por su boda. Debía de ser bastante pequeño para haber podido transportarlo desde Francia. Dora siempre me dijo que, si hubiera vivido mi abuelo, se habrían ido a Francia con Vicente y se lo habrían llevado con ellos.

He venido con mis padres y llevo puesto el reloj de mi tatarabuelo Gabriel. He buscado en el reproductor del teléfono la canción que le cantaba Gael a Dora, *Aquellos ojos verdes*, y hemos esparcido juntos las cenizas de mi abuelo sobre el olivo mientras la escuchábamos. Después me he quedado solo y he enterrado entre sus raíces una piedra que cogí de un parque a las afueras de París. Es para mi abuela. Aún recuerdo el brillo en sus ojos cuando le traía piedras de los sitios donde había viajado. Las tenía todas en un bote y estoy seguro de que acababa olvidando de dónde era cada una, pero para ella esa colección era algo muy especial y sólo ella tenía que entenderlo. Supongo que tiene que ver con la tierra y con los árboles de los que tanto hablaba.

Me he quedado un rato recostado en él. Hace diez años, mi padre decidió esparcir sus cenizas en el mismo sitio donde ella sembró los restos de aquel poema de Machado que tanto le gustaba a mi abuelo. Ahí, junto al olivo, por fin descansan los dos, alma con alma, como siempre quisieron. Creo que los deseos siempre se cumplen, sólo que a veces tardan un poco más de la cuenta. Me gusta pensar que alguna ramita del olivo está hecha del cuerpo de mi abuela y que dentro de poco nacerá otra hecha de mi abuelo y se juntarán. Estoy seguro de que se buscarán y serán capaces de volver a encontrarse.

De regreso a Madrid, me he vuelto a acordar de mi historia con Marta. He recordado algunos momentos con ella que me han sorprendido como breves destellos en la memoria. Ya ha pasado mucho tiempo, tres años desde que terminó definitivamente, pero a veces me acuerdo de nosotros dos. «Los días sin ti son días conmigo», he pensado en voz alta.

Convivo con la melancolía y la nostalgia. Son dos fieras a las que debo alimentar para que se calmen, pero no son mis enemigas ni me hacen daño. Me cuentan cómo fui, qué fue aquello que sentí, de qué manera viví cuando era otra persona distinta pero igual.

Mi abuela me enseñó la importancia de saber volver a los recuerdos. Por supuesto, uno no regresa intacto de ese viaje. Le acompañan la tristeza, el frío, los suspiros. Pero ¿acaso son esas tres cosas más dañinas que el propio olvido de quien uno ha sido? Me debo a todo ello, soy quien soy por lo que he vivido, así que no fuerzo el olvido de quien me ha habitado, de quien fue mi universo y ahora es un hueco vacío. Soy capaz de hacer ese viaje, de abrirle mi alma a la memoria y dejar que se quede en mi cuerpo el tiempo necesario, porque lo cierto es que nunca se queda para siempre. Son sólo breves momentos de ausencia, de travesía, de estrella fugaz. Y yo no les cierro la puerta.

El truco es reservarle a toda esa nostalgia el sitio que le pertenece, porque la vida también consiste en aprender a querer estar donde uno está y dejar el anhelo en otros lugares. Si uno no es capaz de ir hacia ellos, entonces vendrán hacia él. Yo he aprendido que, cuando uno se deja llevar, se reencuentra. En eso consiste ser libre.

En un par de horas sale el avión de vuelta a París. Ha sido un viaje breve, pero he podido visitar la casa de mis abuelos y recordarlos, pasar un tiempo con mis padres, visitar a algún amigo y volver a pasear por mi ciudad. No necesito nada más.

Dejo atrás este frío lleno de recuerdos. El otro día, mientras enterraba la piedra que le traje a Dora en el olivo de mis abuelos, me di cuenta de la relación tan palpable que existe entre el frío y el amor. Cuando uno se enamora por primera vez, no le importa nada con tal de estar con quien uno quiere. Normalmente sucede con quince o dieciséis años, y entonces el amor consiste en pasar frío en la calle, en asaltar los portales buscando su amparo, en colocar la mano congelada sobre la piel ajena y que no importe con tal de tocarse el uno al otro. Sin embargo, a medida que creces y conoces más del mundo, el amor pasa a convertirse en la búsqueda de calor. Uno ve en quien ama una casa, un refugio; una manta bajo la cual quitarse la ropa es sinónimo de fuego, un fuego que alumbra tu vida mientras dura ese amor. Es en el momento en el que vuelves a sentir ese frío cuando el amor se ha terminado y debe comenzar de nuevo la búsqueda del calor.

Mis padres ya se han ido. He pasado el control sin problemas y me he sentado a tomar un café y leer un libro mientras espero. Sin embargo, no me concentro. Hay una chica en la cafetería del aeropuerto que no deja de mirarme. Me pone nervioso, me hace sentir algo incómodo. Decido dejar el libro, mirarla y aceptar el desafío. El caso es que me suena muchísimo su cara. Podría ser francesa. Es morena, tiene el pelo corto y muy muy oscuro, pero su mirada es clara. Sus ojos parecen verdes.

Al rato la veo encaminarse hacia mi mesa. Recupero el libro, nervioso, y hago como que no me doy cuenta de que se ha parado con su maleta delante de mí. Posa con suavidad la mano sobre mi brazo y pregunta en un tono agradable:

—Perdona, ¿eres Gael Castellanos? ¿Eres tú?

—Sí... —contesto sorprendido. Vuelvo a dejar el libro y le miro a los ojos, que, efectivamente, son verdes como las montañas que estamos a punto de sobrevolar—. ¿Nos conocemos?

—¡Soy Julia! Julia Rubio, del colegio. ¿Me recuerdas? —me pregunta con una amplia sonrisa.

Julia. Es Julia. Juliette. G & J. Claro que me acuerdo.

—Julia... —susurro mientras mi yo adolescente resucita de un brinco y se pone a dar saltos por todo mi cuerpo—. Sí, me acuerdo. ¿Qué tal? ¿Cómo te va?

—¡Muy bien! ¿Y a ti? Qué sorpresa encontrarte aquí. Justo hace unos días pensé en escribirte. Llevo ya unos cuantos años viviendo en Francia. Destinaron allí a mi padre y nos vinimos todos con él. Hace unas semanas vi tu nombre en el cartel de una exposición y, después de pensarlo durante unos días, caí en que eras tú y que habíamos ido juntos a clase en el colegio. Entonces te busqué por internet y vi tu trabajo y tu éxito. ¡Enhorabuena! —exclama—. Me hizo ilusión. ¿Estás viviendo en París? —añade, señalando mi maleta.

—Sí, llevo ya casi tres años. Qué casualidad encontrarnos aquí después de tantísimo tiempo. ¿Tú también vives en París?

—Sí, en el centro. Llevo tanto allí que ya me siento parisina. ¿Te puedes creer que cuando los franceses me preguntan mi nombre, directamente respondo que me llamo Juliette?

Julia se echa a reír.

Y de repente todas las ventanas se abren, pero el frío ya no está. No sé si ha desaparecido, ya no lo siento. En su lugar, un pequeño fuego que no sé si es calor, luz o una mezcla de ambas, se abre paso por el aeropuerto, llega a mi mesa y me alcanza de un golpe que consigue tirarme de la mesa. Sin embargo, no me lanza al suelo, sino que me mantiene erguido unos centímetros por encima del suelo, los justos para no perder pie y a la vez ser capaz de tocar las nubes sin miedo a caerme.

La miro y lo entiendo todo.

Al fin y al cabo, el amor consiste en dejar de pasar frío.

NOTA DE LA AUTORA

De acuerdo con los datos facilitados por la Asociación para la Recuperación de la Memoria Histórica, a día de hoy (noviembre, 2018) la cifra de personas desaparecidas, es decir, asesinadas y lanzadas a fosas comunes, que es como se les llama a esos agujeros hechos en tierra en quién sabe dónde, repletos de cuerpos sin nombre pero con familia, es de ciento catorce mil doscientas veintiséis.

Esta cifra —ciento catorce mil doscientas veintiséis— sigue aumentando día a día, hora a hora, minuto a minuto. Todavía existe el miedo, todavía existen los secretos, todavía existen ancianos que, cuando son preguntados por aquel tiempo, responden en silencio, temerosos, con el eco de las bombas aún en el recuerdo.

In memoriam.

AGRADECIMIENTOS

Debo dar las gracias a muchas personas que han hecho posible la existencia de este libro y la mía por facilitarlas y mejorarlas con su inspiración y su trabajo.

La primera eres tú, Irene, que creíste en algo, no sé en qué, pero me convenciste y funcionó. *Días sin ti* es de las dos, como lo son las risas, los poemas y los mensajes a destiempo. Gracias por esperarnos. Gracias por verme, por descolgar el teléfono antes de llamarte, por cuidar de mí en la distancia y cederme tu *aguaje*. Gracias por tu Gael, que baila entre estas páginas. Todo lo que te quiero no cabe en un párrafo. Irene Lucas: eres la mejor editora del mundo.

Gracias, Elena Ramírez, por tu tesón y por tu nervio, por el respeto y el cuidado, por abrirme las puertas de una casa, Seix Barral, a la que entro con tanta ilusión como admiración y cuidado. Es un auténtico honor escribir bajo tu abrazo.

Gracias, Teresa Bailach, por subirte al barco y dirigirlo con tanto tino, con tanto acierto. Tu edición es un regalo. Tu inteligencia y tu mimo, otro.

Gracias, María Lynch, por ser la mejor agente literaria que podría desear, por defender mi trabajo y llevarlo a sitios donde nunca imaginé que estaría. No sabes la tranquilidad que me da saber que cuento contigo.

Mi equipo está formado por mujeres excepcionales, valientes y arriesgadas. Ése es el éxito.

Gracias a todos los miembros del jurado del Premio Biblioteca Breve por leer *Días sin ti*: Rosa Montero, Pere Gimferrer, Agustín Fernández Mallo, Lola Larumbe y Elena Ramírez. Con vosotros aprendo.

Gracias a los lectores de siempre y a los que venís nuevos, a los de aquí y a los de allí. Vuestra compañía es un motor silencioso para los días de ruido. Gracias a todos los profesores y maestros que ocupáis las aulas y hacéis que los niños se conviertan en adultos buenos. Gracias a la biblioteca y a las librerías de Segovia por ponerme todos los libros al alcance de la mano y convertir mi infancia en un universo maravilloso. Gracias a las bibliotecas y a las librerías del resto del mundo por llevarme a mí y a mi trabajo y chocar así los cinco con mi yo adolescente, que sonríe desde el pupitre.

Gracias a todos los expertos que me habéis ayudado con la composición histórica de esta novela, que me habéis cedido vuestros conocimientos y herramientas y que me habéis permitido vivir, a través de las letras, uno de los acontecimientos más desoladores de la historia de mi país. Debo destacarte a ti, Juan Camacho Díaz, que desde el primer día me prestaste tu ayuda y resolviste todas mis dudas con rapidez y exactitud. También quiero señalarte a ti, Luis García Montero, que respondiste a mi llamada y mejoraste la dirección de esta historia.

Gracias a la Asociación para la Recuperación de la Memoria Histórica, más necesaria que nunca, por esa conversación escalofriante en la que sólo escuchaba las palabras miedo, silencio, asesinados. Vuestra labor es esencial, vuestro compromiso necesario y vuestra fuerza elogiable. Sólo espero que un día dejéis de hacer falta. Este libro también es para vosotros, para esas familias que, como la de Gael, vivís esperando una llamada telefónica que ponga tierra a los cuerpos de vuestros seres queridos. Lo vamos a conseguir.

Gracias, Chus Visor y Benjamín Prado, amigos y referentes, por ser siempre los primeros y los más importantes. Ponéis luz en todo lo que tocáis. Gracias por alumbrarme.

Gracias, papá y mamá, Antonio y Blanca, por respetar este oficio y por transmitirme esta emoción contenida que derramo cuando escribo. Gracias por enseñarme que no somos nada sin nuestros mayores, que ellos son nuestro futuro y a ellos nos debemos. Gracias por hacerme ver que el trabajo es lo único que abre una puerta. Gracias por convertiros en espectadores y por dejarme vivir mi vida en libertad y con amor. Gracias, Irene, porque no sólo eres la mejor hermana, también eres la mejor persona. Estás en mi manera de ver el mundo, en mi manera de querer a quien quiero, en mi modo de defender aquello en lo que creo. Siempre serás la primera. Gracias familia Sastre y gracias familia Sanz —Jose, Mercedes, Julia, Isabel, Vicente, Marisa, María, David, Pedro, Inma, Bea, Marta, Carlos, Inma, Jorge, Pedro—, por juntar la palabra *orgullo* y la palabra *amor* en una sola: *familia.* Con lo difícil que es eso. Qué bien lo hacéis.

Gracias a todos mis amigos que durante estos cuatro años de escritura han celebrado mis alegrías y aliviado mis frustraciones, siempre al pie del cañón con un vaso de vino en la mano para brindar por lo que venga, sea lo que sea. Gracias a todos, especialmente a Chris Pueyo y Fran Barreno.

Gracias, Andrea, por tanto y tan todo, porque me ves antes de que yo misma me mire, porque me quieres y me quiero contigo, porque me lees antes de que escriba. No sabes la suerte que eres. Te admiro y te quiero. Siempre.

Gracias, Miranda, por besarme después de cada punto y seguido. Ya sabes que eres los ojos verdes de este libro. Eres paciente y amable, eres buena y poderosa. Lo vas a conseguir todo y yo voy a poder contarlo. Te quiero.

Gracias a los dos amores de mi vida, *Tango* y *Viento*, compañeros y amigos. *Días sin ti* siempre será para mí el libro que comenzó con *Tango* sobre mis piernas y acabó con *Viento* en mis brazos. *Tango*, si he sido capaz de hablar de la muerte como algo hermoso es porque ella fue la única capaz de salvarte. La tristeza es inevitable, pero descubrir la belleza que la acompaña es opcional. Gracias por enseñármelo. Habéis sido los dos la mejor compañía en los ratos de soledad que precisa la escritura. Pacientes y silenciosos. *Viento*, apúntate una tarde larga de campo llena de pelotas y de piedras. Te lo debo.

Gracias a mis abuelos, Vicente y Juanita, por ser reflejo del esfuerzo, del cuidado y del sacrificio. Por ser buenos padres y por ser grandes abuelos. Porque en todo lo que os faltó encontrasteis lo que necesitabais: una familia buena y hermosa. Gracias por enseñarme el camino para crear la mía. Os quiero tanto que no hay prisa.

Y la última eres tú, abuela Sote, mi Dora particular, tierna y siempre agradecida. Si has llegado hasta aquí habré cumplido mi objetivo: hacerte eterna, a ti y a tu amor por el abuelo Antonio. Si he escrito este libro ha sido porque, cincuenta y nueve años después, sigues recordando al abuelo con la misma emoción, con la misma lágrima que no termina de caer pero se mantiene sostenida en tu mejilla cuando le recuerdas. A esa lágrima acudo cuando dejo de comprender el mundo. Me has enseñado que el amor sí que puede ser para siempre y que no hace falta ver las cosas para creer en ellas. Por todo eso, y mucho más que sólo tú y yo sabemos, gracias.

ÍNDICE